배꼽 잡는 세계일주 여행

브룬겔 선장의 모험 1

국립중앙도서관 출판시도서목록(CIP)

브룬겔 선장의 모험 : 배꼽 잡는 세계일주 여행 1 / 지은이: 안드레이 네크라소프
옮긴이: 박재만 그린이: 박수현 – 서울 : 고인돌, 2010
p. ;   cm. – (고인돌 모험동화)

원저자명: Andrei Nekrasov
러시아어 원작을 한국어로 번역
ISBN 978-89-961115-9-7 74890 : ₩9500
ISBN 978-89-961115-8-0(세트)

동화(이야기)[童話]

892.8-KDC5   CIP2010000774

THE ADVENTURES OF CAPTAIN VRUNGEL by Andrej Nekrasov

Андрей Некрасов 〈Приключення капитана Врунгеля〉

This Korean edition was published by GOINDOL Publishing Co. in 2010 by arrangement with FTM Agency, Ltd.,

Russia, through KCC(Korea Copyright Center Inc.), Seoul.

배꼽 잡는 세계일주 여행

브룬겔 선장의 모험 ①

안드레이 네크라소프 지음
박재만 옮김 | 박수현 그림

고인돌

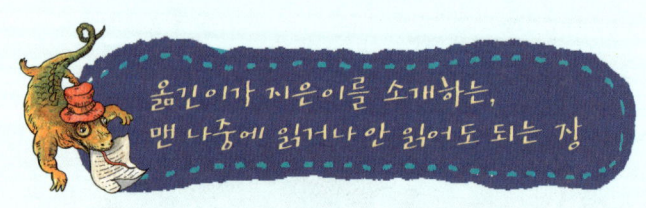

이제부터 여러분이 읽게 될『브룬겔 선장의 모험』이야기는 '지구마을' 곳곳의 풍습을 모험과 함께 얘기해주고 있어. 여러분도 읽다 보면 웃겨서 풋-하고 뿜을지도 몰라. 그러니까 주의!! 이 책 읽을 때 음식물은 입에 넣지 말 것!

모험은 브룬겔 선장이 세계 일주를 하려고 요트를 구해 수리하고 수석 조수를 구해 〈브룬겔식 비법〉으로 영어를 가르치는 장면에서부터 우습게 돌아가기 시작하지. 세상 사람들과 만나서 얘기를 나누려면 외국어가 필요했던 거야(시험 보기 위한 공부 말고 말이야 ㅎㅎ).

우리는 브룬겔 선장의 요트를 타고 세계 곳곳을 누비게 될 거야. 노르웨이의 피오르 해안에서부터 독일, 네덜란드, 영국, 이집트, 적도, 남극, 하와이, 브라질, 알래스카 등등… 수많은 곳들을 여행하면서 모험을 하는 거지. 또 이야기 중간에는 쿠사키라는 고약한 일본 대장도 나오는데 이 대목은 아픈

우리 역사를 잠시 생각해보게 하더군.

　여러분은 흥미진진한 모험과 더불어 세계의 다양한 풍습을 보게 될 거야. 바다와 배에 관한 지식이나 과학의 상식도 배우겠지. 아무리 어려운 상황에서도 움츠러들지 않는 브룬겔 선장의 배짱과 한 번 하겠다고 마음을 먹으면 끝까지 해내고야 마는 뚝심, 위기 상황을 재치(나쁘게 말하면 잔머리^^;)로 풀어가는 모습도 보게 될 거야. 그리고 다른 무엇보다도 지은이가 자기 나라 말(모국어)을 얼마나 사랑하는가도 느끼게 될 거야. 〈말의 달인〉이라고나 할까. 글을 옮기면서 감탄한 것은 지은이의 말솜씨였어. 그게 예술 수준이었던 거지. 알아두면 좋은 속담과 격언을 비롯해서 말의 묘미가 절로 느껴지더군. 지은이가 어떤 사람인가 궁금해서 여기저기 책도 찾고 인터넷에서 검색을 해보았어. 지은이는 많은 경험과 고생을 겪으면서 훌륭한 작가가 되었더군.

『브룬겔 선장의 모험』을 쓴 안드레이 네크라소프는 1907년에 러시아에서 태어났어. 지금부터 백 년이 좀 넘었지. 고등학교를 졸업하고 트롤리 버스를 수리하는 데서 일하다가 바다를 여행하고 싶은 마음에 하던 일을 그만두고 선원으로 새 출발을 했다는군. 그래서 열아홉 살 때 무르만스크라는 항구 도시로 가서 뱃사람이 되었다지. 배를 타고 세계 곳곳을 다니며 숱한 경험을 했던 거야. 그 때의 경험을 지은이는 이렇게 쓰고 있어.

"바렌츠 해에서는 대구를 잡고, 아무르 강에서는 사금을 캐고, 사할린에서는 석유관을 굴착했으며, 달구어진 화로 옆에서 힘든 당번을 서기도 하였다. 베링 해협에서는 해마를 잡고, 태평양에서는 고래사냥을 했다…"

안드레이 네크라소프가 작가로 이름을 날리게 된 건 여러분이 이제 읽게 될 『브룬겔 선장의 모험』이 나오고 나서였다는군. 『브룬겔 선장의 모험』을 쓰게 된 배경은 이랬다는 거야.

지은이가 이십 대 중반에 고래잡이배에서 일할 때 브론스키라는 선장이 있었대. 이 사람은 자기 친구와 함께 요트를 몰고 세계 일주를 무척이나 하고 싶었지만 여러 가지 사정 때문에 꿈을 이루지 못 하고 그 대신에 자기가 하지 못한 세계 일주 여행을 꾸며서 얘기하기를 좋아했다는군.

"그 사람은 느긋한 목소리와 몸짓으로 자기가 꾸며낸 이야기를 그럴 듯 하게 보여주려 하였다. 상황과 장면을 아주 세세하게 묘사하면서 시도 때 도 없이 '그랬었지.'라는 말을 중간 중간 끼워 넣거나, 해양용어를 자주 사 용하였다. 우리를 향해선 '이보게, 젊은이'라고 말하곤 하였다⋯. 그는 마 치 맘씨 좋은 늙은 선장이 되기나 한 것 같았고, 이야기를 하면서 진실과 거짓의 경계를 넘나들었다."

어느 날, 지은이가 어떤 아는 사람한테 브론스키 선장이 지어낸 우스운 이 야기를 해주었는데 그 사람이 이렇게 충고를 했다는 거야.

"당신이 선장 이야기를 써보면 어떨까요."

그래서 지은이는 곰곰이 생각을 해보았다는군. 그러자 뮌히하우젠 남작이 라는 허풍선이의 모습이 떠오르면서 크리스토퍼 브룬겔 선장이 탄생했던 거 야. (뮌히하우젠 남작은 서양에서 아주 유명한 뺑쟁이야. 너무나 뻥이 세서 사실에 바탕을 둔 얘기는 거의 하지 않은 사람이지. '허풍쟁이 남작'으로 알려졌을 정도야. 그래서 꾀병 앓는 사람을 '뮌히하우젠 증후군'이라고 한다는군.)

책을 쓰면서 브론스키의 허풍이나 지은이가 일기에 써놓은 재미난 이야기 들, 선원들이 쉴 때 얘기한 우스갯소리들, 그리고 어렸을 적 자신이 겪었던 일들이 한데 섞이게 되었다는군. 가령 배 이름이 〈파베다(승리)〉에서 〈베다 (불행)〉이 된 것은, 어릴 적 가지고 놀던 장난감 배 이름이 〈다리얄〉(북 코카서 스의 아름다운 협곡)이었는데 글자가 떨어져 나가서 보통 여자이름인 〈다리야〉 가 되었던 것에서 실마리를 얻었다는 거야. 그런가 하면 이 책이 처음 나올 때 삽화를 그린 사람이 소다수를 쏘아 추진력을 얻는 장면에서 병마개에 갈매기가 맞는 장면을 넣으면 어떻겠느냐고 도움말을 주었다더군. 어쨌든 이렇게 해서 〈베다〉호는 그 후 세계 여러 나라 독자의 머릿속을 달리며 항해를 시작하게 된 것이지. 영어, 독일어, 일본어, 폴란드어, 체코어 등…, 여러 나라 말로 번역이 되었고, 이제는 한국에서도 번역이 되어 어린이 독자를 만나게 된 거지.

지은이는 아주 대단한 책벌레였나봐. 다른 선원들이 쉬거나 놀고 있을 때 지은이는 책을 아주 많이 읽었다는군. "당번이 끝나면 할 일이 없어 많은 책을 읽었다"고 얘기하고 있거든. 지은이가 어렸을 적부터 가장 좋아한 책은 『마르코 폴로의 여행』이었다지. 그리고 책을 읽을수록 자기도 무언가 쓰고 싶은 마음이 커졌다는 거야. "책을 읽으면 읽을수록 직접 무언가를 쓰고 싶은 마음이 커졌다. 나는 두꺼운 공책을 갖고 다니며 내가 봤거나 겪은 재미난 일들도 기록하였다." 이러고 보면 '구라쟁이' 지은이가 술술 이야기를 잘 풀어가는 것도 '뜬금없는' 건 아니었던 거지. 많은 경험과 기록, 세상에 대한 호기심, 많은 독서와 깊이 생각하기. 이런 것들이 어우러져서 훌륭한 작가가 되었던 거지.

자, 브룬겔 선장의 지은이가 살아 온 이야기를 들으니 여러분도 세계 곳곳을 다니며 온갖 모험과 꿈을 펼치고 싶을 거야. 스스로 겪으며 세상과 자연의 신비를 하나씩 알아가고, 많은 사람을 만나 마음을 나누는 것처럼 재미난 일도 없다고 생각해. 한비야 님처럼 세계 여러 곳을 여행하며 도움이 필요한 사람을 돕기도 하고, 이소연 님처럼 우주 탐험을 꿈꿔볼 수도 있을 거야. 그렇게 얻은 소중한 경험과 지식을 아름다운 우리말로 적어서 다른 사람들과 나눌 수도 있고 말이야.

너무 말이 길어졌어. 이제 〈베다〉호에 오를 시간이야. 브룬겔 선장과 함께 〈베다〉호를 타고 세계 각지로 신나는 모험 여행을 떠나보는 거야. 이번 여행이 끝나고 책을 덮으면서 아마 여러분의 지식은 넓어지고 호기심도 많아질 거야. 그리고 선장의 재치와 두둑한 배짱도 배우게 되겠지. 어떤 어려움이 닥쳐도 당황하지 않고 주위를 살펴 지혜롭게 헤쳐 나가려는 자세를 말이야. 그리고 이런 마음가짐으로 저마다 하는 일을 열심히 하다 보면 바라던 꿈도 어느결에 이루어지겠지. 그래 꿈을 꾸는 만큼, 그리고 그 꿈을 이루기 위해 노력하는 만큼, 꿈은 꼭 이뤄지고 말거니까.

차례

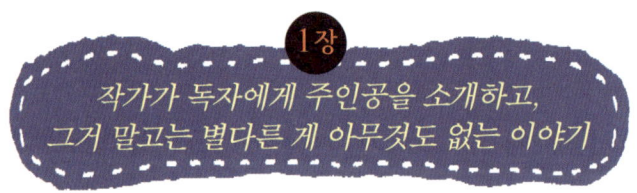

1장

작가가 독자에게 주인공을 소개하고,
그거 말고는 별다른 게 아무것도 없는 이야기

우리 해양 학교에서 항해술은 크리스토퍼 브룬겔 선생님이 가르치셨다.

"항해술이란," 선생님은 첫 수업에서 이렇게 말씀을 꺼내셨다. "우리가 가장 안전하고 유리한 바닷길을 선택하고, 지도 위에서 이 길을 찾고, 그 길로 배를 모는 방법을 가르치는 학문입니다…항해술이란," 하고 마지막으로 덧붙이셨다. "정밀과학은 아닙니다. 이 학문을 완전히 익히려면 몸소 항해를 꾸준히 해 보아야 합니다."

12

별다를 게 하나 없는 이 말씀은 우리가 두 편으로 갈려 격렬하게 말싸움을 하게 만들었다. 한쪽은, 근거가 없지도 않았지만, 브룬겔 선생님은 틀림없이 은퇴하신 노련한 뱃사람이라고 생각하였다. 선생님은 항해술을 아주 잘 알고 있으며, 재미나게, 열성을 다해 가르치시고, 경험이 풍부한 것 같다고 하였다. 브룬겔 선생님은 정말로 모든 대양과 바다를 항해한 적이 있는 것처럼 보였다.

하지만 알다시피 사람이란 가지가지가 아닌가. 지나치게 잘 믿는 사람이 있는가 하면, 반대로, 의심하고 따지는 사람도 있는 법이다. 우리 가운데에는 선생님이 다른 항해사들과는 달리 직접 바다로 나가신 적이 한 번도 없다고 주장하는 사람도 있었다. 그런 사람들은 브룬겔 선생님 겉모습이 그 증거라고 하였다. 실제로 선생님 모습은 씩씩한 바닷사람과는 왠지 어울리지 않았다.

브룬겔 선생님은 품이 넓고 긴 웃옷에 실로 뜬 허리띠를 매고 다녔다. 머리는 이마에서 뒷머리까지 시원하게 빗질을 한 모습이었다. 검은 줄이 달린 테 없는 안경을 쓰고 깔끔하게 면도를 하셨고 뚱뚱하고 키는 작으셨다. 목소리는 또박또박하고 밝으셨으며, 자주 미소를 지으시고 손을 비비며 담배 냄새를 맡고 다니셨다. 그 어디를 보더라도 먼 바다를 항해한 선장이라기보다는 은퇴한 약사에 더 가까웠다.

그래서 우리는 말싸움에 종지부를 찍으려고 브룬겔 선생님께 바다를 여행하신 옛날 얘기를 해 달라고 부탁드렸다.

"별말을 다하는구나! 지금은 때가 아냐." 선생님은 미소를 지으며 거절하시고는 예정된 수업 대신 느닷없이 항해술에 관한 쪽지 시험을 치르게 하셨다.

수업 종료를 알리는 종이 울리고 선생님이 공책 더미를 겨드랑이에 끼고 나가시자 우리의 말싸움은 중단되었다. 그 이후로 브룬겔 선생님은 다른 항해사와 달리 먼바다를 항해한 적도 없이 집에서 경험을 쌓으신 거라는 사실을 의심하는 사람은 아무도 없었다.

그리고 얼마 안 있어서 내가 위험과 모험으로 가득 찬 세계 일주 이야기를 브룬겔 선생님한테서 직접 듣는 행운이 없었더라면, 우리는 잘못된 생각을 그대로 가지고 있었을 것이다.

그 일은 우연하게 일어났다. 쪽지 시험이 있고 나서 브룬겔 선생님이 휴강을 하셨다. 3일쯤 지나서 우리는, 선생님이 집으로 가시던 중에 전철에서 덧신을 잃어버려서 발이 젖고 감기가 들어 자리에 누워 계신다는 것을 알게 되었다. 하지만 우리에게는 바쁜 나날이 계속되고 있었다. 봄이었고 보고서도 써야 하고 시험도 보아야 하고…, 우리에게는 하루도 빠짐없이 공책이 필요했다.

그래서 반장인 내가 브룬겔 선생님 댁으로 가게 되었다.

선생님 댁으로 출발한 나는 어렵지 않게 선생님 댁을 찾아 문을 두

드렸다. 내 머릿속에는 베개에 머리를 묻고 담요를 휘감은 채 감기로 빨개진 코를 내밀고 있는 브룬겔 선생님 모습이 아주 또렷하게 떠올랐다.

나는 다시 더 크게 문을 두드렸다. 아무 응답이 없었다. 그래서 손잡이를 잡고 힘껏 열어 보았는데… 뜻밖의 모습에 입이 딱 벌어지고 말았다.

책상 앞에는 소탈한 은퇴 약사 대신에 어떤 오래된 책을 읽는 데 빠져 있는 위엄 있는 선장이 한 사람 앉아 있었다. 그는 소매 끝에 금장을 단 완전한 사열 차림이었다. 선생님은 파이프 담배를 뻑뻑 피우고 계셨는데, 안경은 어디 갔는지 보이지도 않았고 헝클어진 흰머리가 듬성듬성 뭉쳐서 사방팔방으로 여기저기 솟아 있었다. 정말 빨갛게 된 코도 브룬겔 선생님의 그 모습에서는 왠지 더 단단해져서 그 움직임 하나하나가 단호함과 용감함을 보여 주는 것이었다.

브룬겔 선생님 앞에 있는 책상에는 가지가지 색깔의 깃발로 장식하고 돛대 여러 개와 흰 눈 같은 돛을 달고 있는 모형 요트가 받침대 위에 서 있었다. 그 옆에 지구본이 있었다. 아무렇게나 말아서 던져 놓은 지도에는 마른 상어 지느러미가 절반쯤 나와 있었다. 마루에는 양탄자 대신에 머리와 송곳니가 달린 해마 가죽이 깔려 있었고, 구석에는 녹슨 사슬이 두 개 달린 해군 본부의 닻이 널려 있었다. 벽에는 흰 칼이 걸려 있고 그 옆에 사냥용 작살이 있었다. 또 뭔가 있었지만 찬찬히 볼

겨를이 없었다.

문이 삐걱하는 소리를 내자 브룬겔 선생님이 고개를 들었다. 책 사이에 단도로 갈피를 하시고 일어나시더니 폭풍 속에서 걸음을 옮기듯이 흔들거리며 나를 향해 걸어오셨다.

"만나서 정말로 반갑습니다. 먼바다 항해 선장 크리스토퍼 브룬겔이라 합니다." 선생님은 천둥 치는 듯한 낮은 목소리로 말을 하시고 내게 한 손을 내미셨다. "방문하신 목적을 말씀해 주시겠습니까?"

솔직히 말해서 나는 조금 겁을 먹었다.

"저기요, 브룬겔 선생님, 공책 때문에… 애들이 보내서 왔는데…." 내가 말을 꺼내려고 하였다.

"아, 내가 실수했군," 선생님이 내 말을 자르셨다. "내 잘못이야. 그걸 몰랐군요. 몹쓸 병이 기억을 전부 뺏어 가 버려서. 늙으면 아무짝에도 쓸모가 없다더니…. 그렇군…. 그러니까 공책을 찾으러 왔다는 얘기가?" 브룬겔 선생님이 되물으시고는 허리를 숙이고 책상 밑을 뒤지기 시작하셨다.

마침내 거기서 공책 꾸러미를 꺼내 털이 북실북실한 커다란 손으로 꾸러미를 철썩 때렸다. 먼지가 사방으로 날았다.

"자, 한번 봅시다." 우선 크고 멋들어지게 재채기를 하시고서 말씀하셨다. "전부 〈수〉로군…. 그래, 〈수〉야! 축하하네! 자네들은 항해술에

관한 지식을 전부 알았으니 배에 깃발을 달고 너른 바다를 누비고 다
닐 수 있겠군 그래…. 훌륭한 일이지, 더구나 흥미롭기도 하고 말이야.
이보게, 정말이지 자네들은 앞으로 이루 말할 수 없이 아름다운 수많
은 광경과 지울 수 없는 많은 기억을 가지게 될 거야! 적도, 남극과 북
극, 둥글고 넓은 지구를 도는 항해…." 선생님은 꿈꾸듯이 덧붙이셨다.
"항해를 시작하기 전에는 나도 그 모든 걸 꿈꾸었다네."

"그런데 항해는 정말 해 보신 거예요?" 나는 아무 생각 없이 소리 높여 말했다.

"어찌 아니겠나!" 브룬겔 선생님이 모욕을 당하신 것처럼 말씀하셨다. "내가 항해를 한 적이 없겠나? 물론 항해를 했지. 이보게나, 항해를 왜 안 했겠나. 아마 2인승 요트를 타고 세계를 일주한 사람은 내가 처음이었을 걸세. 십사만 해리 를 여행했지. 수없이 해와 달이 지고 수

해리

1해리는 1,852m에 해당하나 나라마다 조금씩 차이가 있다.

없는 모험을 해야 했다네…. 물론 지금은 옛날 일이 되었지만 말일세. 풍습도 변하고 상황도 변했지." 잠시 침묵하시다가 덧붙이셨다. "지금은 많은 것이 달라졌어. 하지만 시간을 거슬러 먼 옛날을 가만히 돌이켜 생각하면 여행하면서 재미나고 교훈될 만한 것이 많았다고 해야 할 거야. 기억도 나고, 얘기할 만한 것도 생각나니 말이야! 자 이리 가까이 앉게나…."

이렇게 말씀하시면서 브룬겔 선생님은 나에게 고래 턱뼈를 내주셨다. 내가 안락의자에 앉듯이 턱뼈에 앉자 브룬겔 선생님이 이야기를 시작하셨다.

2장

수석 조수 롬이 영어를 배운 이야기와 항해술 실습 때 일어난 몇 가지 사건 이야기

" 집에 가만히 눌러앉아 있다 보니 지겨워지더군. 그래서 옛날 생각을 해 보기로 하였지. 그러자 생각은 끝없이 펼쳐지는 거야! 음, 그런데 자네 어디 급히 갈 데는 없는가? 그렇다면 아주 잘됐군. 그럼 차근차근 얘기를 시작해 보기로 하세.

그 당시는 물론 지금보다 젊었지. 그렇다고 아주 초보였던 것은 아니야. 전혀 아니었지. 경험도 오래 전에 쌓아 놓았다네. 몇 년간이나 말이야. 말하자면 능구렁이처럼 노련했는가 하면, 윗사람들한테 평판도 좋았다네. 이건 자네에게 허풍을 떨려는 게 아니라 그만한 공적이 있었던 것이야. 그런 사정으로 본다면 아주 큰 기선의 선장도 될 수 있었을 걸세. 그랬다면 아주 재미났을 거야. 한데 그 당시에 아주 큰 기선은 항해 중이었다네. 기다리는 성미가 아니었던 나는 그쪽은 포기하고, '요트를 몰고 바다로 나가 보자!' 하고 결심을 하였지. 근데 그건 장난삼아서 한 생각은 아니고, 2인승 요트를 타고 세계 일주를 하기로 하였던 것일세.

그래서 생각해 둔 계획을 이루는 데 맞는 배를 찾기 시작했다네. 척 나타나더군. 찾고 있던 바로 그것이었지. 마치 나를 위해서 만들어진 배 같았어.

그런데 요트는 사실 이리저리 손봐야 할 데가 적지 않았어. 내가 직접 감독을 하여 그 자리에서 수리를 시작하였지. 페인트도 칠하고 돛과 돛대도 새로 바꾸고, 가장자리도 바꾸고, 용골은 이 피트 줄이는 대신 뱃전은 나무를 덧대서 늘여 놓았지… 한마디로 생고생을 하였어. 그런데 말일세, 그 결과 나타난 건 요트가 아니라 장난감이었다네! 갑판이 사십 피트나 되었던 것일세. 하지만 어쩌겠나. '조각배의 운명은 바다에 달려

용골
배 바닥의 중앙을 받치는 길고 큰 재목

피트
1피트는 30.48cm

뱃전
배의 양쪽 가장자리 부분

있다'고 하지 않던가 말이야.

나는 말만 앞세우는 걸 좋아하지 않는 성미라네. 배는 바닷가에 묶어 두고 방수 칠을 한 돛을 덮어 놓은 뒤 항해를 하는 데 필요한 다른 준비를 하였다네.

먼바다 원정이 성공하느냐 실패하느냐는, 알다시피, 탐험대원이 훌륭하냐 아니냐에 많이 달려 있다네. 그래서 나는 이 오래고 힘든 원정을 돕고 함께해 줄 딱 한 사람의 동반자를 아주 꼼꼼하게 골랐다네. 그런데 정말 나는 운이 좋았어. 수석 조수로 고른 롬은 아주 훌륭한 마음가짐을 지닌 사람이었던 거야. 자, 자네가 한번 생각해 보게나. 키는 이 미터 십 센티쯤 되고, 목소리는 기선의 화통 같은데다가, 보기 드문 힘과 인내심을 지닌 사람이었다네. 그 중에서도 가장 좋은 점은 일을 어떻게 하는지 잘 알고 있었으며 놀라울 만큼 겸손한 거였다네. 한마디로 일등 항해사에 필요한 모든 것을 다 갖추고 있었다 해야겠지. 그런데 롬에게도 단점은 있었어. 단 하나이기는 했지만 심각한 것이었지. 그건 뭐냐 하면 외국말이라면 완전 깡통이었다는 거야. 물론 이건 중대한 결함이기는 하지만 그렇다고 물러설 내가 아니었지. 상황도 가늠해 보고 곰곰이 생각도 해 보고 계산도 해 보고 나서 짧은 시간 안에 영어 회화를 익히도록 롬에게 명령했다네. 그래서 롬은 영어 공부를 시작했지. 어려움이 없지는 않았지만 삼 주일 만에 영어를 익혔던 거야.

그 목표를 이루려고 나는 이제까지 알려지지 않은 별난 학습 방법을 발명해 냈다네. 수석 조수를 가르쳐 줄 선생님 두 분을 모셨지. 한 분은 앞쪽에서부터, 에이비씨부터 가르치게 하고, 한 분은 뒤에서 앞으로 가르치게 하였어. 그런데 롬은 에이비씨 ABC 알파벳하고는 영 맞지를 않았어. 발음하는 게 영 힘들었던 거야. 밤낮을 안 가리고 수석 조수 롬은 영어의 어려운 알파벳을 익혀 나갔다네. 사달(사고나 탈)이 안 나고 배기겠나. 하루는 롬이 책상 앞에 앉아서 영어 알파벳 아홉째 글자〈아이 I〉를 공부하고 있었어.

"아이… 아이… 아이…" 롬은 박자를 맞춰서 큰 소리로 발음을 하였다네. 점점 소리를 더 크게 내면서 말이야.

이웃에 사는 여자가 그 소리를 듣고는 집 안을 들여다보았지. 그랬더니 건장한 사내가 앉아서 '아이' 하고 소리를 치고 있는 거야! 그래서 저 불쌍한 사람이 정신이 이상해졌구나 생각하고는 〈119 구조대〉를 부른 거야. 〈구조대〉가 달려와서는 미친 사람을 꼼짝 못하게 하는 옷을 씌우고 병원으로 데려갔다네. 다음 날 롬을 병원에서 데리고 나오느라 고생 좀 하였지. 하지만 모든 게 다 잘 풀렸다네. 딱 삼 주일이 지나고 수석 조수 롬은 보고서를 써서 내게 보고를 하였다네. 두 분 선생님이 중간까지 다 가르쳐 주셨다고 말이야. 이렇게 하여 임무는 완료된 것이었지. 바로 그날 나는 출항을 명령하였다네. 그러지 않아도 우리는 시간이 늦어지고 있던 참이었거든.

마침내 오랫동안 기다리던 순간이 왔지. 그런데 지금 같았으면 별거 아닌 일이라고 지나가 버렸겠지만, 그 당시엔 요트로 세계 일주를 하는 것은 커다란 사건이었다네. 말하자면 큰 소동을 불러일으킬 만한 사건이었지. 그날 아침부터 호기심 많은 사람들이 바닷가를 꽉 메웠어. 손에 든 깃발을 흔들고, 음악도 연주하고, 박수도 쳐 주고….

나는 타륜을 잡고 명령을 내렸네.

"돛을 올려라, 뱃머리를 앞으로, 우현!"

타륜

배의 방향을 바꾸는 장치. 키돌리개라고도 한다.

돛이 촤르륵 날아올라 흰 날개처럼 쫙 펴지고 바람을 받기 시작했다네. 어, 근데 요트가 제자리에서 꼼짝을 않는 거야. 배 뒤쪽을 밀어 보아도 여전히 제자리인 거야. 이래서는 안 되겠다, 뭔가 딱 부러지는 조치를 취해야겠다 생각했지. 바로 그 때 끌배 한 척이 지나가더군. 그래서 손으로 확성기를 만들어 소리쳤지.

"어이, 끌배! 이리 와서 우리 요트 좀 끌어 주시게나!"

끌배가 요트를 잡아당기고, 낑낑 애를 쓰고, 배 뒤쪽에 비누를 풀어서 미끄럽게 해도 요트는 한 치도 꼼짝을 않는 거야…. 이게 무슨 영문이람?

그런데 갑자기 쿵 하는 소리가 나더니 요트가 기우뚱하더군. 나는

순간 정신을 잃었지. 정신이 들고 보니까 바닷가 모습이 영 딴판으로
바뀌어 있었어. 사람들은 흩어지고, 파도는 넘실넘실. 한쪽을 보니 아
이스크림 파는 가게가 떠다니는데, 가게 위에 젊은이 한 사람이 앉아
서 카메라를 들고는 손을 흔들고 있더군.

　요트 밑을 보니 온통 푸르른 섬이었던 거야. 그걸 보고서, 아차 그랬구나, 하고 사태를 깨닫게 되었지. 목수들이 미처 생가을 하지 못하고 생나무를 요트에 덧대었던 거야. 한여름 동안 요트는 땅에 뿌리를 내리고 나무가 자란 걸세. 하긴 바닷가에서 어떻게 저런 좋은 판자를 구해 배를 수리하는지 놀라긴 했었지. 맞아. 요트는 튼튼하게 땅에 뿌리를 박고 있는데 끌배가 갖은 애를 써 주고 밧줄은 튼튼했던 거야. 그래서 열심히 잡아당기다 보니 바닷가 한구석이 떨어져 나온 거였지. 배를 수리할 때는 생나무를 쓰지 않는 게 좋다는 말이 괜한 얘기는 아니었던 거야… 말하기도 싫은 사건이지만 어쨌든 다행스럽게 모든 일은 피해 없이 잘 끝났다네.

내 계획에 시간이 이렇게 늦어지는 것은 포함되어 있지 않았어. 하지만 어쩌겠나. 이것은 말하자면 〈불가항력 force majeure〉, 그러니까 예상하지 못한 어쩔 수 없는 사태가 아니겠나. 닻을 내리고 요트를 손보지 않을 수 없었다네. 안 그러면 불편한 걸 어쩌겠나. '어부가 고기를 못 잡으면 고기가 비웃는다'는 말이 있지. 마땅히 할 일은 해야 하는 거라네. 땅덩어리를 매달고서 항해를 할 수는 없는 노릇이지 않는가 말일세.

나와 수석 조수 롬은 온종일 이 일에 빠져서 바삐 보냈다네. 무지하게 고생하고 온몸이 땀에 젖어서 녹초가 되어 버렸지…. 칠흑 같은 어둠이 바다에 내려앉고, 하늘엔 별들이 흩뿌려져 있었어. 바다에 떠 있는 배들에서는 한밤중에 모래시계가 돌아가고 있었지. 나는 톰을 잠자게 놔두고 직접 당번을 섰다네. 배 위에 서서 우리가 항해하며 겪게 될 역경과 흥미진진한 일들을 곰곰이 생각해 보았다네. 그렇게 공상에 잠겨 있다 보니 밤이 지나간 것도 알아채지 못했지.

그런데 아침이 되자 끔찍한 일이 나를 기다리고 있었다네. 그 일 때문에 하루 종일 갈피를 잡을 수 없을 정도였지. 배 이름 짓는 것을 까먹었던 거야!

자넨 아마 배 이름이야 아무려면 어떠냐고 생각할지도 모르겠네. 그렇지 않네, 젊은이! 배 이름은 사람 이름 같은 것일세. 자, 한번 예를 들어 보자구. 〈브룬겔〉, 이러면 얼마나 소리가 부드럽고 아름답게 들리나 말이야. 그런데 만일 내 이름을 〈믿거나말거나〉로 했다거나 우리 학교 학생 이름처럼 〈들다람쥐〉로 했다고 해 보세나…. 그랬다면 내가 지금 누리고 있는 존경과 신뢰를 어찌 바랄 수 있겠나? 자네가 한번 생각해보게나. 먼바다를 항해하는 선장 이름이 〈들다람쥐〉라니…. 웃기지 않은가!

배 이름도 바로 그렇다네. 배 이름을 〈헤라클레스〉호라거나 〈해군 대장〉호라고 한다면 그 이름만 보고도 얼음이 갈라지며 길을 열어주겠지만, 배 이름을 〈여물통〉이라고 붙였다 생각해 보게나. 그럼 그 배는 여물통처럼 바다를 돌아다니다가 틀림없이 아주 고요한 날씨에도 어던가에서 뒤집혀 버리고 말 걸세.

바로 그런 까닭에 내 애인 같은 요트에 붙여 줄 이름을 고르기 전에 나는 수십 개 이름을 놓고 이리저리 재 보았다네. 결국은 요트 이름을 〈파베다(승리)〉호로 짓기로 하였어. 훌륭한 배에 어울리는 훌륭한 이름이지 않나! 온 바다를 항해하고 다녀도 부끄럽지 않을 이름이었지! 나는 동판 글자를 주문해서 내가 직접 배 뒤편에 그것을 붙였다네. 반짝반짝하게 닦아 놓으니 등불처럼 빛나더군. 반 해리를 떨어져 있어도 〈파베다(승리)〉라는 글자를 읽을 수 있을 정도였어.

그런데 그 재수 없는 날 아침녘에 나는 홀로 갑판 위에 서 있었다네. 바다는 잔잔했고 항구는 아직 잠에서 깨지 못한 채 간밤에 잠을 못 잔 듯 꿈속에 빠져 있었어…. 불쑥 눈앞에 우편을 날라 주는 배가 보이더니 통-통-통-통 하면서 내 쪽으로 다가와서는 휙 하고 갑판에 신문 꾸러미를 던지는 거야! 물론 유명해지고 싶어 하는 건 꽤나 잘못된 거라 할 수 있을 거야. 하지만 우리는 사람이고, 사람이라면 누구나 신문에 자기 이름이 나온 걸 반가워하기 마련 아니겠나. 바로 그렇다네. 그래서 신문을 뒤적이면서 읽고 있는데 이런 기사가 있는 거야.

〈어제 세계 일주를 떠나려다가 일어난 사고는 정말 어이가 없게도 브룬겔 선장이 자기 배에 지어준 독특한 이름 때문에 일어난 일이 아닌가 하는 생각을 하게 만든다.〉

나는 조금 당황하기는 했지만 무슨 얘기를 하는지 통 모르겠더군. 다른 신문, 또 다른 신문, 이렇게 잇달아 신문을 들춰 보았지. 그런데 그 중 한 신문에 실린 사진 하나가 눈에 확 뜨이는 거야. 내가 왼쪽 구석에 보이고, 오른쪽엔 수석 조수 롬이 보이고, 가운데엔 우리의 미녀 요트와 사진 설명이 붙어 있었어. 〈브룬겔 선장과 그가 타고 갈 요트 〈베다(불행)〉호…〉

그제야 나는 모든 걸 깨달았지. 배 뒤편으로 달려가서 보니까, 〈ㅍ〉자와 〈ㅏ〉자가 떨어져 있던 거야.

말썽이 난 거였어! 되돌릴 수 없는 말썽이었지! 하지만 이젠 어쩔 수도 없는 노릇이었지. 신문 기자들은 말이 많은 사람들이니까 말이야. 〈파베다(승리)〉호의 선장 브룬겔을 알아주는 사람은 한 사람도 없고, 그 대신에 온 세상이 〈베다(불행)〉호 얘기를 알게 되었던 것이지.

하지만 그것 때문에 오래 시름에 잠겨 있을 순 없었어. 육지에서 바다로 바람이 불어오고 돛은 펄럭이고 있었지. 나는 롬을 깨워 닻을 거두어 올렸다네.

우리가 수로로 나갈 때 모든 배에서 고소하다는 듯이 소리를 지르더군.

"어이, 〈베다(불행)〉호 타고서 즐거운 여행하세요!"

멋들어진 이름이 아쉬웠지만 어쩌겠나. 그리하여 우리는 〈베다〉호를 다고 항해를 시작하였다네.

우리는 바다로 나갔지. 나는 시름에서 미처 헤어 나오지도 못한 상태였어. 하지만 바다에 나오니 좋더군! 그 옛날 그리스 사람들은 바다가 마음의 모든 근심을 씻어 준다고 말하곤 했었지.

우리는 계속 앞으로 나아갔지. 주위는 고요한데 파도만이 뱃전에 부딪치고, 돛은 끽끽 하는 소리를 냈지. 바닷가가 저 멀리 배 뒤편으로 아스라이 모습을 감추더군. 날씨는 상쾌하고, 하얀 물거품이 물결에 자국을 남겼지. 어디선가 바다제비가 날아오고 바람이 거세지기 시작하더군. 바다의 짠 바람이 돛에 매어놓은 용총줄을 탱탱하게 만들면서 휘파람 소리를 내었어. 이젠 마지막 등대도 뒤로 물러서 버리고 바닷가가 하나도 안 보이는가 싶더니 사방이 바다더군. 어디를 보나 온통 바다였던 거야.

 용총줄

돛대에 매어 놓은 줄로 돛을 올리거나 내리는 데 쓴다.

나는 항로를 유지하고 롬에게 지시를 내린 뒤 잠시 갑판에 서 있다가 아래 선실로 내려갔어. 내 차례가 되어 당번을 하기 전에 한두 시간쯤 잠을 자 두려고 했던 거지. 우리 뱃사람에겐 '잠잘 시간이 늘 부족하다'는 말이 있다네.

아래로 내려가 잠이 쉬이 오게 술을 한 잔 마시고 그네 침대에 누워 죽은 듯이 잠에 빠졌다네. 두 시간 지나서 기운을 차리고 상쾌한 기분으로 갑판에 올라갔지. 주위를 둘러보고 앞을 바라보았더니… 눈앞이 캄캄해지는 거야.

물론 얼핏 보기에는 이상한 건 하나도 없었어. 사방은 아까와 똑같은 바다에, 똑같은 갈매기가 날고 있었으니까. 롬은 타륜을 잡고 자리를 제대로 지키고 있었고 말이야. 하지만 저 앞 〈베다〉호 정면 지평선 위로 실처럼 바닷가 모습이 보일 듯 말 듯 하는 거야.

마땅히 왼쪽으로 삼십 해리 떨어져 있어야 할 바닷가가 배 정면 쪽에 있다니 이게 무슨 일인가? 아주 큰일이 났던 거야. 있어서는 안 될 일이 말이야. 부끄럽고 창피한 일이 말일세. 나는 충격을 받고 놀라서 어쩔 줄 몰랐다네. 어쩐지? 나는 방향을 돌려서 창피를 무릅쓰고서라도 늦기 전에 부두로 돌아가기로 하였다네. 그러지 않고 저런 조수를 데리고 항해를 하다가는 돌이킬 수도 없이 헤매지 않겠는가 말이야. 깜깜한 밤에는 더 그럴 테니까.

마땅한 지시를 내릴 생각을 하고 목소리가 더 확실하게 나오도록 아랫배에 숨을 들이켰다네. 그런데 글쎄, 다행히도 모든 일이 밝혀졌다네. 롬은 자기 코에 속았던 거야. 보니까 내 수석 조수는 코를 자꾸 왼쪽으로 돌리고 헐떡헐떡 숨을 들이쉬면서 자기 몸도 왼쪽으로 끌렸던 거라네.

아, 그제야 나는 어찌된 일인지 깨닫게 되었지. 선실 왼편에는 마개를 막지 않고 놓아둔 훌륭한 술이 한 병이 있었던 거야. 롬의 코가 술 냄새를 기막히게 잘 맡다 보니 술병 쪽으로 몸이 기울었던 거지. 있을 수 있는 일이었어.

그러니까 바로잡을 수 있는 일이었던 거야. 항해를 직접 하다 보면 우연한 일을 자주 겪게 되지. 과학으로는 예측할 수 없는 일이 일어난 다네. 나는 깊이 생각할 것도 없이 선실로 내려가서 술병을 슬쩍 오른쪽으로 옮겨 놓았다네. 롬의 코는 나침반 자석처럼 그리로 끌렸고 배는 그에 따라 오른쪽으로 방향을 돌렸지. 두 시간이 지나자 〈베다〉호는 본래 항로로 들어섰다네. 그래서 이제는 술병을 앞쪽 돛에 놓았더니 롬은 더 이상 항로에서 벗어나지 않더군. 롬은 말 잘 듣는 아이처럼 〈베다〉호를 몰았어. 딱 한 번 아주 한껏 숨을 들이켜더니 이렇게 묻더군.

"그런데 브룬겔 선장님, 돛을 더 달지 않아도 될까요?"

그건 필요한 제안이었지. 나는 그러자고 했어. 굳이 그렇게 하지 않아도 〈베다〉호는 잘 나가고 있었지만 돛을 더 달자 화살처럼 날아가기 시작하더군.

이렇게 해서 우리는 먼바다 원정을 시작하였던 것일세.

3장

기술과 재치가 부족한 용기를 뒷받침해 준 이야기,
그리고 항해할 때는 몸이 아픈 경우까지
모든 상황을 이용해야 한다는 이야기

먼바다 원정… 이 얼마나 멋들어진 말인가! 이보게, 자네도 한번 사색에 잠겨서 음악처럼 울리는 이 말을 입속에 되뇌어 보게나.

먼바다… 저기 먼바다… 헤아릴 수 없이 넓고 자유로운 곳… 광활한 공간. 그렇지 않은가?

원정은 어떤가? 원정, 이 말은 앞으로 나아가려는 것, 다른 말로 해서 운동이지.

그러니까 먼바다 원정이란 광활한 공간을 운동하는 것을 뜻하는 말일세.

그런데 광활한 공간을 운동한다고 하면 천문학 냄새가 나지 않나. 스스로 별이 되고, 화성이나 금성 같은 행성이 되고, 아니면 적어도 위성이 되는 걸 느낄 수 있지. 바로 그런 까닭에 나와 이름이 같은 콜럼버스 같은 사람이나 나 같은 사람이 먼바다 원정과 확 트인 바다, 바다에서의 영광스런 업적에 이끌리는 거야.

콜럼버스

크리스토퍼 콜럼버스 Christopher Columbus (1451~1506) 이탈리아 제노바 출신으로 인디언이 살고 있던 북아메리카 항로를 발견했다. 브룬겔 선장의 성은 브룬겔이고, 이름이 크리스토퍼이므로 이름이 같다는 말이다.

그렇지만 조국 땅을 뒤로 하고 우리가 바다로 나가는 중요한 까닭은 그것이 아니라네.

자네가 알고 싶다면 내가 그 비밀을 얘기해 줌세. 중요한 까닭이 어디에 있는지 말이야.

먼바다 원정을 하면서 얻는 즐거움은 이루 다 말할 수 없을 만큼 대단하다네. 그런데 더 큰 즐거움은, 친구나 우연히 만난 사람들을 둥글게 모아 놓고 먼바다 원정에서 직접 본 멋진 장면이나 진기한 일들을 얘기해 주거나, 어떤 때는 재미나고 어떤 때는 슬픈 뱃사람들의 종잡을 수 없는 운명을 들려주는 것이라네.

그런데 바다에서, 그 먼바다 여행에서 만나게 되는 것은 무엇일까? 대개는 물과 바람이겠지.

그렇다면 바다에서 겪게 되는 일이란 무엇일까? 폭풍이 불 때도 있고, 물결이 잔잔할 때도 있지. 안개가 끼면 어쩔 수 없이 그 자리에 배를 세워 놓아야 한다네…. 물론, 넓은 바다에서도 갖가지 흔치 않은 사건들이 일어나곤 하지. 우리 원정 때도 그런 사건은 적지 않았어. 하지만 물이나 바람, 안개, 여울 같은 얘기가 대부분이라서 얘깃거리는 많지 않다네. 굳이 얘기하라면 못할 것도 없겠지. 예를 들면 회오리, 태풍, 진주로 이루어진 바닷가 등등…. 하지만 그까짓 것이 뭐 대수겠나! 그 모든 게 놀랄 만큼 재미난 건 사실일세. 고기도 있고, 배도 있고, 거대 문어도 있지. 그런 얘기들도 할 수는 있을 거야. 하지만 말일세. 이런 얘기를 듣다 보면 자네는 벌어진 입을 다물 사이도 없을 것이고, 그러다 보면 상어 때문에 붕어가 도망가듯이 듣고 있던 사람들은 금방 흩어져 버리고 말 걸세.

하지만 항구에 배를 댄다거나 새로운 해안을 본다는 것은 전혀 다른 얘기지. 볼 것도 있고, 보고 놀랄 만한 것도 있다네. 그렇다네. '마을이 있는 곳에 풍습도 있다'는 말이 있지 않는가 말일세.

나처럼 호기심이 많고 돈 버는 일에 관심 없는 뱃사람이 낯선 나라를 여기저기 들러서 어떻게든 항해를 색다르게 만들려고 하는 이유는 바로 그것 때문이라네. 이런 점에서도 작은 돛을 달고 항해하는 건 수없이 많은 장점을 가지고 있다 할 수 있겠지.

물론 자네도 알고 있을 거야! 생각해 보게나. 자네는 지금 당직을 맡게 되어 지도를 보고 있네. 자네 배가 가는 항로가 있고 오른쪽에 어떤 왕국이, 왼쪽엔 마법에 나올 것 같은 나라가 있지. 그런 곳에도 사람은 살고 있거든. 그런데 그 사람들은 어떻게 살고 있을까? 흥미가 일어서 한 번이라도 보고 싶은 마음이 생기지 않을까! 왜 안 그렇겠나? 사람은 호기심을 가져야 한다네. 그렇지 않고서야 누가 자네에게 명령을 하겠나? 그래서 타륜을 한쪽으로 돌리게 되면… 얼마 안 있어 지평선에는 등대가 나타난다네! 짜-잔 하고 말일세!

그렇다네. 우리는 순풍을 타고 항해를 했다네. 바다 위엔 안개가 어려 있었고 〈베다〉호는 부드럽게, 유령처럼 한 마일 두 마일 공간을 점해 나갔지. 뒤돌아볼 틈도 없이 준트, 카테가트, 스카게락을 지나갔다네…. 요트가 쾌속으로 달려가는 모습에 나는 너무나 기뻐서 어쩔 줄 몰랐지. 밤낮없이 닷새를 달렸더니 동이

준트

독일어로 준트 Sund는 해협을 이르는 말로 덴마크의 외래순 Oresund을 가리킨다. 외래순은 스칸디나비아 반도와 젤란드 섬 사이의 카테가트 Kattegat 해협과 발트 해를 이어주는 해협이다. 길이 70km, 폭 3.4~24km, 항해 가능한 수로의 깊이 8m. 서쪽 해안에 코펜하겐(덴마크)이 있고, 동쪽 해안에는 말리메 항구(스웨덴)가 있다.

카테가트 Kattegat 해협

스웨덴과 유틀란드 반도 사이에 있는 해협

스카게락 Skagerrak

북쪽의 노르웨이와 남쪽의 덴마크 유틀란트 반도 사이에 남서-북동쪽으로 뻗은 직사각형 꼴 해협. 길이 240km, 너비 130~145km인 이 해협은 덴마크의 스카겐 곶과 스웨덴 해안 사이에서 좁아져 남쪽의 카테가트 해협 쪽으로 방향을 바꾼 다음 덴마크 해협과 발트 해까지 이른다.

틀 무렵에는 안개가 걷히고 우리 배 오른쪽에 노르웨이 해변이 나타나더군.

그냥 지나칠 수도 있었을 거야. 하지만 급히 서둘러 갈 데도 없지 않은가? 그래서 명령했다네.

"우현으로!"

수석 조수 롬이 타륜을 오른쪽으로 휙 꺾었지. 그리고 세 시간이 지나자 우리는 아름답고 잔잔한 피오르에 닻을 내릴 수 있었다네.

이보게, 자넨 피오르에 가 보았나? 안 가봤다고? 헛살았군 그래. 기회가 생기면 꼭 한 번 가 보게나.

피오르(fjord)

협만이라고도 한다. 빙하가 흘러내리며 깎인 골짜기에 바닷물이 들어차 생긴 좁고 긴 만이다. 세계에서 가장 긴 피오르는 노르웨이의 송네피오르이며, 길이가 약 160km이다.

피오르란 다른 말로 암초 절벽이라고도 하는데, 꿩 지나간 자국처럼 얽혀 있는 좁은 만과 물굽이라네. 사방엔 갈라지고 이끼가 무성한 높은 난공불락의 바위들이 있거든. 주변은 장엄한 고요와 깨뜨릴 수 없는 침묵에 잠겨 있지. 그 아름다움이란 흔한 것이 아니라네!

"근데 말야, 롬." 내가 제안했어. "점심 먹기 전에 잠시 산책을 하는 건 어떨까?"

"산책 실시, 점심 전까지(다 아베다 do obeda)!" 롬이 복창을 하자 새들은 먹구름처럼 떼를 이루어 절벽에서 날아오르고, 메아리는 (내가 세어 보았지) 서른두 번이나 반복을 해 대더군. 〈베다(불행)… 베다(불행)… 베다(불행)…〉하고 말이야. −지은이는 점심 전까지 (다 아베다)에서 뒤의 두 음절 '베다'만 발음하여 우스꽝스럽게 표현하고 있다.

바위들도 우리 배가 온 것을 반기는 듯하였지. 물론 메아리가 외국 방식이고 억양도 달랐지만 모든 게 놀랍고 반가웠다네. 하지만 솔직히 말해서 깜짝 놀랄 만한 정도는 아니었어. 피오르의 메아리야 멋지지…. 하지만 메아리뿐이었을까?! 아닐세. 마법 같은 곳에서는 마법 같은 사건도 종종 일어난다네. 그 다음에 무슨 일이 생겼는지 들어 보게나.

나는 타륜을 고정하고 옷을 갈아입으려고 선실로 내려갔다네. 롬도 따라 내려오더군. 나는 신발끈을 매면서 모든 준비를 마쳤지. 그 순간 배가 앞으로 급히 기울고 있다는 느낌이 드는 거야. 놀라서 벌떡 일어나 총알처럼 갑판으로 튀어나갔더니 눈앞에 슬픈 광경이 보이는 것이 아니겠나. 요트 앞쪽이 물에 완전히 잠겨 있는데 계속해서 빠르게 빠져들고 있던 거야. 반대로 배 뒤쪽은 위로 쳐들리고 있었던 거지.

나는 잘못을 깨달았어. 물길의 특성을 생각지 않았던 거지. 그리고 중요한 건 밀물 때였다는 거라네. 닻은 단단히 고정되어 제대로 자리를 잡고 있는 터에 물이 차올라 배를 떠받쳤던 거야. 쇠줄을 늦출 수도 없었어. 배 앞쪽 전체가 물에 잠겨 있었으니 양묘기 쪽으로 어떻게 갈

양묘기

배의 닻을 감아 올리고 풀
어 내리는 장치를 한 기계

고물

배의 뒤쪽. 배의 앞쪽은
'이물'이라고 한다.

수 있었겠나. 어쩔 수 없었다네!

우리가 선실 문을 간신히 꽉 닫자마자 〈베
다〉호는 낚시찌처럼 아주 곤두선 모습이 되
어 버렸다네. 자연의 힘 앞에선 고분고분할
수밖에 없는 거라네. 어쩔 수 없는 노릇이었
지. 우리는 고물 쪽에서 버텨야 했다네. 저녁
이 되어 물이 빠질 때까지 오래오래 지겹도록 버텨야 했지. 그렇게 되
었던 거라네.

저녁이 되자 한 번 쓴맛을 보고 난지라 나는 배를 좁은 해협으로 몰고
가서 해안에 정박을 했다네. 그렇게 하면 확실할 거라 생각한 거지.

그랬다네. 조촐하게 저녁을 해 먹고 치우고 나서 등불을 켜고는 잠
자리에 들었다네. 닻 때문에 생긴 사건 같은 건 다시는 일어나지 않으
리라 믿고서 말이지. 그런데 아침에 해가 뜨자마자 롬이 나를 깨워 이
렇게 보고를 하는 거야.

"선장님, 보고하겠습니다. 바람 없음. 날씨 맑음. 외부 온도 섭씨 이
십 도. 있어야 할 게 없으므로 수심과 온도 측정 불가능."

나는 잠이 덜 깨서 그가 무슨 말을 하는 건지 금방 알아채지 못했다
네. "〈없다〉는 말이 무슨 말인가?" 내가 물었지. "그게 어디로 사라졌
다는 건가?"

"썰물과 함께 가 버렸습니다." 롬이 보고했어. "배는 바위 사이에 걸린 채 균형을 유지하고 있습니다."

밖에 나가 보았더니 곡조만 바꿔 부른 노래처럼 아까와 같은 상황이 발생한 거야. 아까는 밀물이 우리를 당황하게 만들더니 이번엔 썰물이 장난을 쳤던 것이지. 내가 해협이라고 착각했던 건 알고 보니 여울이었어. 아침이 되어 물이 빠져나가니 우리는 둑에 올라선 것처럼 단단한 바위 위에 남

여울

강이나 바다에서 바닥이 얕거나 폭이 좁아 물살이 세게 흐르는 곳

게 되었던 것이지. 배 아래는 십이 미터 정도 낭떠러지여서 빠져나갈 구멍이 전혀 없었다네. 거기서 어떻게 빠져나간단 말인가!

남은 길은 오직 하나, 그냥 앉아서 때가 되기를, 더 정확히 말하면, 밀물이 되기를 기다리는 것이었지.

하지만 나는 헛되이 시간만 보내는 성미가 아니었다네. 요트를 요리조리 전부 살펴본 뒤 줄사다리를 배 밖으로 던지고는 도끼와 대패, 붓을 들었다네. 배 옆구리에 가지가 남아 있던 곳은 반반하게 깎고 색을 칠했지. 물이 불어나자 롬이 고물에서 낚싯대를 던져 수프를 끓일 고기를 잡았다네. 그러니 보게나. 그렇게 안 좋은 상황도 지혜만 있다면 오히려 이득이 되도록 만들 수 있지 않은가 말일세.

이 모든 사건을 겪고 나자 사려 깊은 생각은 배반자 같은 이 피오르

를 떠나야 한다고 귀띔을 해 주는 거야. 피오르가 또 무슨 변덕을 부릴지 누가 알겠나? 하지만 자네가 알다시피 나는 용감하고 뚝심이 있는 사람이라네. 아니 자네가 그렇게 말하길 원하면 뭐 얼마는 고집이 센 사람이라고 할 수 있겠지. 그런 까닭에 나는 이미 내린 결정을 포기하는 성미가 아니라네.

이번에도 그렇게 했던 거야. 산책을 하기로 결정했으니 산책은 해야 하는 것 아니겠나. 〈베다〉호가 물 위로 오르자마자 나는 위험이 없는 새로운 곳으로 배를 옮겨 놨어. 닻줄을 좀 더 길게 잡아매고는 우리는 산책을 떠났던 것이네.

암벽 사이의 오솔길을 따라갔지. 멀리 가면 갈수록 주변의 자연 경관은 놀라울 정도더군. 나무 위에는 다람쥐가 달음질치고 이름을 알 수 없는 작은 새들은 짹-짹 거리더군. 발밑에선 마른 나뭇가지가 뚜두두둑 부러지는 소리가 들리는 거야. 금방이라도 곰이 나타나 울부짖을 것 같더군…. 그곳엔 딸기와 산딸기가 있었어. 보다 보다 그런 산딸기는 처음이었다네. 얼마나 큰지 호두만 하더라니까! 그래서 우린 그런 광경에 홀려서 숲 깊숙이 들어갔다네. 점심 같은 건 까맣게 잊어버린 채 말이야. 그러다 문득 정신이 들어 보니까 이미 늦었지 뭐야. 해는 이미 기울어 찬 기운이 돌더군. 어디로 가야 하는지도 알 수가 없었어. 사방이 숲이었거든. 이리 봐도 딸기, 저리 봐도 딸기, 딸기만 있는 거야….

아래 피오르를 향해 내려가다 보니까 우리가 아까 있던 피오르가 아니더란 말일세. 시간은 벌써 밤이 되어 있었어. 할 일도 없는 터라 장작불을 지펴 놓았더니 그럭저럭 밤이 지나더군. 다음날 아침 우리는 산 위로 기어 올라갔지. 우리 생각에는 저기 위에서 보면 〈베다〉호가 보이겠다 싶었던 거지.

산을 기어서 오르기란 내 체질상 쉬운 일이 아니었네. 그래도 어쩌겠나. 우린 산딸기로 배고픔을 달래면서 산을 올랐다네. 그런데 갑자기 뒤에서 무슨 시끄러운 소리가 들리는 거야. 바람 소리도 아니고, 폭포 소리도 아니고, 뭔가 부러지는 소리가 점점 더 커지더니 연기 냄새 같은 것이 나는 거야.

몸을 돌려서 보니 이게 뭔가. 불이 난 것일세! 사방팔방으로 불길이 번지면서 벽처럼 에워싸고 우리를 뒤쫓고 있었다네. 그러니 이젠 딸기 따위는 신경 쓸 겨를이 없었다네.

다람쥐들은 둥지를 버리고 나뭇가지에서 나뭇가지로 뜀을 뛰며 언덕 위로 계속 달아났다네. 새들은 날아오르며 소리를 쳐 댔지. 소란스럽고 무시무시한 상황이었다네.

위험하다고 해서 줄행랑이나 치는 나는 아니었지만 상황이 그 지경이니 어쩌겠나. 살고나 봐야지. 그래 다람쥐 뒤를 쫓아 온 힘을 다해 암

벽 꼭대기로 기어 올라갔더니 더 이상 갈 데가 없는 거야. 몸을 엎드리고 숨을 돌린 후 주위를 살펴보았지. 자네한테 하는 얘기지만 빠져나갈 구멍이 없는 상황이었던 거지. 세 방향에서는 불길이 올라오고, 나머지 한쪽은 깎아지른 절벽이었던 거야… 그 아래를 보니까 얼마나 높은지 숨이 턱 하고 막힐 지경이더군. 이것을 그림에 비유해본다면 슬픈 광경이었지. 그 어두운 지평선에서 단 하나 위안이 되는 게 있다면 그건 바로 우리의 미녀 〈베다〉호였다네. 바로 우리 발아래 쪽에서 물결을 타고 출렁이며 돛으로 손짓하듯이 우리를 부르고 있었어.

불길은 점점 더 가까워지고 있었지. 사방엔 다람쥐들이 엄청나게 많았어. 이놈들이 제멋대로 굴더군. 어떤 놈들은 꼬랑지에 불이 붙자 아주 대담하고 뻔뻔해져서는 우리 몸으로 기어올라 돌아다니고 짓누르면서 불길 속으로 미는 거야. 장작불을 피우고 노는 것도 아닌데 말일세!

롬은 절망에 빠져 있었지. 다람쥐들도 절망에 빠져 있었고. 솔직히 고백하자면 나도 유쾌한 기분은 아니었다네. 하지만 나는 내색을 하지 않고 굳건한 모습을 보여 주었다네. 선장이란 사기 저하에 절대 굴복해서는 안 되는 법이지. 아무렴 그렇고 말고!

그런데 갑자기 말이야, 다람쥐 하나가 꼬리를 내리고 자세를 취하더니 〈베다〉호 쪽으로 훌쩍 뜀을 뛰는 거야. 갑판을 향해서 말이야. 다시

한 마리, 다시 또 한 마리가 계속 뒤를 따르더군. 그 모습을 보니까 완두콩처럼 쏟아져 내리는 거야. 오 분도 안 되어 우리가 있던 절벽 위가 말끔해졌지.

그런데 우린 뭐냔 말이야. 다람쥐가 하는 일을 우리라고 못할 게 없지 않은가 말일세. 나도 뛰어내리기로 결심을 했다네. 기껏해야 물에 빠지기밖에 더 하겠나. 잠시 생각해 보니 그게 뭐 대수겠나 싶었던 거야! 아침 먹기 전에 수영을 하면 좋다고도 하지 않는가 말일세. 그리고 나는 결심을 하면 바로 실천에 옮기는 성미거든.

"수석 조수, 다람쥐를 따라서 전속력 앞으로!" 내가 명령했다네.

롬이 한 걸음을 내딛어 벼랑 위로 발을 내밀었지. 그런데 그만 고양이처럼 몸을 움츠리고는 뒤로 물러서는 거야.

"못 하겠습니다." 그가 말하더군. "크리스토퍼 브룬겔 선장님, 저를 해고해 주십시오! 아래로 뛰어내리느니 차라리 불에 타 죽고 말겠습니다…."

그래서 보니까 이 사람은 정말로 불에 타 죽으면 죽었지 뛰어내리지는 않겠더군. 고소 공포증이란 자연스러운 것이지. 일종의 병이라 할 수 있어…. 자, 이제 어떻게 한다지! 불쌍한 롬을 그냥 버려두고 가야 한단 말인가!

다른 사람이 나와 같은 처지에 있었다면 갈팡질팡했을 거야. 하지만 나는 그렇지 않았다네. 방법을 찾아냈던 거지.

나는 쌍안경을 가지고 다녔다네. 멋진 해양용 쌍안경은 십이 배율로 물체를 가깝게 볼 수 있는 것이었다네. 나는 롬에게 쌍안경을 쓰라고 명령했어. 그리고 그를 벼랑 끝까지 데려가서 엄한 목소리로 물어보았다네.

"수석 조수, 우리 배 갑판에 다람쥐가 몇 마리 있는가?"

롬이 숫자를 세기 시작하더군.

"한 마리, 두 마리, 세 마리, 네 마리, 다섯 마리…."

"그만!" 내가 소리쳤다네. "하나도 남기지 말고 선창으로 몰아넣도록!"

그러자 일에 대한 책임감이 두려운 마음을 이겨 냈다네. 그리고 어찌 됐든 쌍안경도 도움이 되었다고 할 수 있겠지. 갑판이 가까이 보이게 하였으니까 말일세. 마침내 롬이 조용히 걸음을 옮겨 벼랑으로 발을 내딛더군.

나는 뒤에서 그 모습을 지켜보았다네. 물보라가 기둥처럼 크게 솟아나더군. 잠시 후 수석 조수 롬이 배 위로 기어오르더니 다람쥐 모는 일을 시작했어.

그러고 나서 나도 그 뒤를 따랐다네. 하지만 뭐, 나한테는 수월한 일이었지. 나야 노련한 사람이라 쌍안경이 없이도 할 수 있었거든.

이보게 젊은이, 여기서 자네가 알아 두면 나중에 도움이 될 교훈이 한 가지 있네. 그건 말일세, 자네가 예를 들어 낙하산을 타고 뛰어내릴 일이 있으면 후진 것이건 뭐건 쌍안경을 반드시 가져가란 것일세. 그걸 쓰면 그리 높아 보이지도 않고 더 쉬울 거라네.

그래서 나도 뛰어내렸어. 물속으로 풍덩 빠졌다가 솟아올랐지. 그런 다음 배 위로 기어올랐다네. 롬을 도와주고 싶었지만 그는 동작이 빠른 사람이라 혼자서 다 처리를 하더군. 내가 숨을 가다듬기도 전에 그가 선창의 문을 닫아걸고서는 내 앞에 서서 보고를 하였지.

"명령하신 대로 다람쥐 화물을 한 마리도 남김없이 산 채로 실었습니다! 다음 할 일은 무엇입니까?"

다음 할 일이 무엇인지는 잠시 생각해 보면 분명하였지.

가장 먼저 할 일은 닻을 끌어올리고 돛을 편 다음 좋을 때 불타는 이 산에서 사라지는 것이었지. '피오르야, 너 같은 것은 악마에게나 가라지'였어. 여기서는 더 이상 볼 것도 없었고, 더군다나 날은 더워지고 있었다네… 이 문제에 대해선 털끝만치도 주저할 것이 없었다네. 그런데 다람쥐는 어떻게 한다지? 이건 별로 좋지 않은 상황이었다네. 다람쥐를 어떻게 처리해야 할지 누가 알겠나? 물론 그놈들을 제때에 선창에 밀어넣은 건 잘한 일이었다네. 그러지 않았다면 그 몹쓸 짐승들이 배가 고파서 줄들을 갉아먹었을 테니까. 여차했으면 배에 있는

46

줄이란 줄은 다 끊어 놓았을 거야.

물론 이 놈들을 처리하는 방법으로는 말이야, 다람쥐 껍질을 벗겨서 아무 항구에서나 팔 수도 있었을 거야. 다람쥐 모피는 질기고 값이 비싸니까 말이야. 되거나 안 되거나 한번 시도해 보는 것도 나쁘지는 않았겠지. 하지만 그렇게 하는 건 왠지 안 좋더군. 그놈들이 우리를 살려 준 셈이니까 말일세. 어쨌거나 우리에게 살 수 있는 방도를 가르쳐 준 것은 그놈들이 아닌가 말이야. 그런데 껍질을 벗기다니 말이 될 법한가 말이야! 나의 원칙에 그런 법은 없다네. 그렇다고 저놈들을 모두 데리고 세계 일주를 하자니 우리가 만나게 될 친구들에게도 불편을 줄 거란 말이지. 먹이도 주고 물도 주고 돌봐줘야 할 테니까. 승객을 맞아 들였으면 그에 맞는 대접을 하는 것이 규칙이었거든. 이리저리 생각하다 보니 걱정이 끝이 없더군.

그렇다면 마음이 편한 곳에서 생각해 보기로 하자, 이렇게 결심을 했다네. 우리 뱃사람에게 집처럼 편한 곳은 어디겠나? 그건 바다라네. 마카로프 제독이 말한 대로, 바다에 있

스테판 마카로프
제독(1849~1904)
러시아 제독. 극 탐험가

으면 집처럼 마음이 편한 법이지. 내가 바로 그렇다네. 좋다, 바다로 나가서 거기서 생각해 보기로 하자. 이렇게 생각했다네. 정 안되면 우리가 닿게 될 항구에서 도움말을 얻기로 하자, 그랬었지.

풍력

바람의 세기를 나타내려고 풍속과 수목, 파도의 상태를 눈어림으로 정한 단계. 현재는 1805년 영국 제독 보퍼트가 고안한 풍력 계급을 사용하는데, 0에서 12까지 13계급으로 나눈다. 따라서 풍력 10은 아주 강한 바람이 불고 있음을 뜻한다.

우리는 출발을 했다네. 바닷길을 가다 보면 어부도 만나고 기선도 만나겠지. 이젠 됐다! 그렇게 생각했지. 그런데 말이지, 저녁 무렵이 되니 바람이 세지고 진짜 폭풍이 부는 거야. 풍력 10의 폭풍이 말이야. 바다가 날뛰고 울부짖더군. 〈베다〉호를 들어 올리는가 싶으면 다시 아래로 내동댕이치는 거야! 줄들이 팽팽해져 팅-팅 소리를 내고 돛이 삐걱거리더군. 다람쥐들은 그런 사태에 익숙치 않은 탓에 선창에서 멀미를 했지만 나는 기분이 좋았지. 나의 〈베다〉호가 늠름하게 버티며 아주 우수하게 폭풍의 시험을 치르고 있다는 사실에 말이야. 롬도 영웅처럼 행동했어. 비 막이 모자를 머리에 쓰고 타륜 옆에 멋들어지게 서서는 굳센 손으로 타륜을 잡고 있었거든. 나는 잠시 서서 그런 모습을 지켜보며 거세게 날뛰는 자연 현상을 감상하다가 내 선실로 갔다네. 책상에 앉아 라디오를 켠 다음 헤드폰을 쓰고 방송에서 무슨 이야기를 하는지 들었지.

라디오라는 건 대단한 물건이라네. 전원을 켜고 이리저리 틀어 보면 음악이며 내일 날씨며, 최근 뉴스까지 늘 우리에게 고마운 일을 해 주거든. 축구 중계를 들으며 흥분하는 사람들도 있잖아. 〈슛! 아, 골인입니다! 골키퍼가 골문안에서 공을 가지고 나오고 있군요.〉 이런 중계 말이야. 내가 얘기 안 해도 자넨 알 걸세. 라디오가 얼마나 대단한 건지 말이야! 하지만 이번에는 주파수를 잘못 맞춘 게 분명했어. 모스크바 방송을 잡으려고 주파수를 맞췄는데, 〈이반… 로만… 콘스탄친… 울리야나… 타치야나… 세묜… 키릴… 〉 이런 소리가 들리는 거야. 마치 초대를 받아 간 집에서 여러 사람하고 인사를 나누는 것 같은 거야. 정말 들어 주지 못할 정도더군. 근데 내 이빨에는 벌레 먹은 이빨이 있었는데 이게 이상하게 아프기 시작했다네…. 분명히 물에서 수영을 했기 때문이었을 거야. 눈물이 날 만큼 아프기 시작하더군.

　나는 누워서 쉬기로 했다네. 그런데 헤드폰을 벗으려는 순간 갑자기 소리가 들리는 거야. SOS 가 아닐까? 귀를 기울여 들어 보았지. 〈투-투-투… 타, 타, 타, 투-투-투… 〉 바로 그랬어. 조난 신호였던 거지. 배가 가라앉고 있다는 신호였고 어딘가 가까이 있다는 것

SOS

무선 전신을 이용한 조난 신호. 1912년에 카이로에서 열린 국제 무선 통신 회의에서 제정되었는데, 단순한 부호로 글자 자체에는 뜻이 없다.

이었지. 나는 심장이 멎을 만큼 긴장하여 소리 하나하나를 놓치지 않고 좀 더 자세히 알아보려 하였다네. 어디서 보내는 걸까, 어떤 배가 보내는 걸까 하는 걸 말이지. 이때 파도가 밀려오며 〈베다〉호를 쿵 하고 때리더군. 불쌍한 우리 배는 한쪽으로 거의 완전히 기울어졌지. 다람쥐들이 난리를 치더군. 하지만 이건 아무것도 아니었네. 훨씬 더 안 좋

은 상황이 일어난 거야. 라디오가 책상에서 떨어지더니 벽에 쾅 하고 부딪히고선 박살이 나 버렸어. 보니까 주워 모아서 고칠 수도 없을 정도였어. 칼로 잘리듯이 방송이 끊어진 것은 물론이었지. 정말로 암울한 심정이었다네. 옆에선 누군가 재난으로 고통을 받고 있는데 그게 어디인지, 누구인지 알 수 없게 되었으니 말일세.

구출을 하러 가야 하는데 어디로 가야 할지 누가 안단 말인가? 그런데 이빨은 더 심하게 아파 왔다네.

그런데 말일세. 그 이빨이 바로 나를 구한 것일세! 나는 잠시 생각하다가 안테나 한 끝을 벌레 먹은 이빨에 대었다네. 통증은 지옥처럼 심했고 두 눈에선 불이 나는 것 같았지만 그 대신에 신호가 다시 잡히기 시작했다네. 물론 음악 소리는 들리지 않았지. 솔직히 말한다면 난 음악엔 영 관심이 없었어. 더구나 그런 상황에 음악이 무슨 소용이 있겠나! 그 대신 모스 신호는 누구도 생각해 낼 수 없을 만큼 훌륭했다네. 압정으로 찌르듯이 은근하게 이빨이 쑤시면 그건 점으로 표시하고, 나사못을 박는 듯한 고통이 오면 짤막한 선으로 표시를 했지. 증폭기도 필요 없고 전파 조정 장치가 없어도 되었다네. 벌레 먹은 이빨 하나로도 아주 민감하게 신호를 잡아낼 수 있었거든. 참는 거야 물론 힘들었네. 하지만 어쩌겠나. 상황이 그러한데 자신을 희생할 밖에….

자네가 믿을지 모르겠네만, 그렇게 모든 전파를 이빨 하나로 끝까지 수신을 했다네. 받아 적고 분석해서 신호를 해석했지. 그 결과 우리 바로 옆에서 노르웨이 돛배가 조난을 당한 사실을 알아냈다네. 도거 뱅크에서 얕은 여울에 걸려 배에 구멍이 생겨 가라앉고 있었던 거야. 머뭇거릴 시간이 없었네.

도거 뱅크

영국 동부의 북해에 있는 얕은 바다. 청어, 대구, 정어리, 가자미 따위가 풍부한 세계적인 어장이다.

그 사람들을 구해야 했지. 나는 이빨이 아픈 것도 잊고서 구조하는 일에 착수했다네. 갑판에 올라가 타륜을 잡았지.

우리는 배를 몰았어. 주위는 아직 깜깜한 밤이었고 바다는 추웠지. 파도는 철썩이고 바람은 휘파람 소리를 내고 있었다네.

삼십 분쯤 시간이 흐른 뒤 우리는 마침내 노르웨이 사람들을 찾아냈다네. 조명탄을 쏘았지. 상황을 보니 아찔했어. 우리 배와 그쪽 배가 너무 붙어서 그대로 두면 양쪽 다 산산조각이 날 뻔한 상황이었다네. 그쪽 배의 구명보트는 모두 파도에 휩쓸려 가 버렸어. 더구나 그런 날씨에 사람들을 옮겨 싣는 것은 위험한 일이었지. 전부 물에 빠져 죽게 만들지도 모르는 일이었으니까.

이쪽에서 접근해도 소용이 없었고, 저쪽에서 접근해도 소용이 없었어. 폭풍은 전보다 훨씬 심해졌다네. 그럴 때 파도가 그 배를 덮쳤다면 영원히 찾을 수 없었을 거야. 갑판에는 물이 넘실대고 돛대만 불쑥 솟아 있더군…. 나는 생각했지. 가만 있자, 그래 이건 우리에겐 기회다.

나는 모험을 하기로 결심했네. 바람을 받아 선회를 했다가 다시 돛에 바람을 받으며 전속력으로 파도와 함께 전진하기로 한 것일세.

계산은 아주 간단했지. 〈베다〉호가 뛰어오르는 힘은 약했지만 파도는 산더미 같았거든. 파도의 물마루를 타고서 저쪽 배의 갑판 위로 껑충 뛰어올랐어.

이미 절망하고 있던 노르웨이 사람들 앞에 내가 나타난 거야. 나는 타륜을 잡고 돛대에 부딪치지 않게 조종을 하였지. 롬은 조난당한 사람들의 옷깃을 잡고 두 사람씩 잡아 올렸어. 여덟 번만에 전부를, 그러니까 선장을 맨 처음으로 해서 열여섯 사람을 끌어 올렸다네.

선장은 조금 창피했을 거야. 선장이니까 맨 나중에 배를 떠났어야 하는데, 롬이 급하기도 하고 어두워서 보이지도 않으니까 선장을 맨 먼저 끌어올렸으니까 말일세. 물론 보기 좋은 모양은 아니지만 별일은 아니었다네. 종종 있을 수 있는 일이지…. 마지막 두 사람을 막 끌어 올렸는데, 아 보니까, 거대한 파도가 밀어닥치더군. 우리는 잽싸게 빠져 나왔다네. 정말 아슬아슬했어. 운명을 다한 배에선 파편들이 날아오르더군.

노르웨이 사람들은 모자를 손에 들고 떨면서 우리 배 갑판에 서 있었어. 우리도 잠시 바라보았지…. 잠시 후 배를 돌려 항로를 잡고 전속력으로 노르웨이를 향해 배를 몰았다네.

갑판이 좁아서 몸을 뒤치기도 힘들었지만 노르웨이 사람들은 괜찮다고 하더군. 심지어 만족한다는 거야. 그건 이해할 만했어. 비좁기도 하고 춥기도 했지만 그런 날씨에 물속에 빠지는 것보다는 훨씬 좋았던 거야.

그랬던 것일세…. 내가 노르웨이 사람들을 구출하고 그들의 생명을 구해 준 것이지. 물론 〈베다〉호도 한몫을 했지! 사람의 운명은 정해져 있다는 말처럼 그 사람들은 죽음에서 구출되었던 것이지.

바로 이것이 재치란 것일세! 젊은이, 먼바다를 항해할 때 자네가 훌륭한 선장이 되고 싶다면 단 하나의 가능성도 놓치지 말고 사태를 좋은 쪽으로 바꾸기 위해 모든 것을 이용해야 한다네. 만일 몸이 안 좋다면 심지어는 그런 상황마저도 이용해야 한단 말일세. 내 말 잘 알겠지!

4장

스칸디나비아 반도 사람들의 풍습, 몇몇 지명의 잘못된 발음,
그리고 바다 일에 다람쥐를 이용한 이야기

우리는 되돌아서 노르웨이의 스타방게르 시에 도착했다네. 이곳
어부들은 마음씨 좋은 사람들이어서 우리를 따뜻하게 맞아 주었어.

 스타방게르

스칸디나비아 반도 동쪽에
있는 항구 도시. 서쪽으로는
노르웨이 해, 동쪽으로는 넓
은 보크나 협만의 남쪽 지
류인 간다 협만이 있다.

나와 롬에게 최상급 호텔을 잡아 주고, 요트
는 최고급 페인트로 칠해 주었다네. 요트를 그
렇게 해 주었을 정도였으니 다람쥐에 대해서
도 잊지는 않았지. 그곳 관청에서 서류를 작성
하고 다람쥐를 화물로 기록한 다음 우리에게

찾아와 묻더군.

"여러분의 사랑스러운 동물들에게 어떤 사료를 줘야 할까요?"

어떤 사료를 줘야 한다지? 이 문제에 대해서 나는 전혀 아는 바가 없었어. 한 번도 다람쥐를 키워 본 적이 없었으니까. 롬에게 물어보니 그는 이렇게 말하더군.

"정확히는 말씀드리지 못하지만, 호두와 솔방울을 주면 되는 것으로 알고 있습니다."

그런데 이상한 일도 다 있지. 나는 노르웨이 말도 자유자재로 할 수 있는 사람이었는데 그만 그 두 가지 말이 생각나지 않는 거야. 생각이 날락말락 하면서도 기억을 할 수가 없더군. 한 대 맞아서 정신이 나간 것처럼 말일세. 생각에 생각을 거듭했지만 어쩔 수가 없었어. 그래서 롬을 노르웨이 사람과 함께 식료품 파는 가게에 보내기로 했다네.

"가서 잘 살펴보게. 아마 비슷한 거라도 찾을 수 있을 거야." 내가 말했지.

롬이 갔다가 잠시 후 돌아와서 모든 게 잘되었다고 보고하더군. 호두도 찾고 솔방울도 찾았다고 말이야. 솔직히 말하면 나는 조금 놀라지 않을 수 없었네. 상점에서 솔방울을 팔다니. 하지만 다른 나라에서라면 그럴 수도 있지 않겠나, 나는 생각했다네. 차를 끓이는 사모바르든 크리스마스트리 장식이든 무엇이 불가능하겠나!

사모바르

찻물을 끓이는 러시아 전통 도구

저녁이 되어 〈베다〉호를 보러 갔어. 페인트 칠하는 일이 잘돼 가나 보려고 간 김에 다람쥐들은 어떻게 하고 있는지 선창을 들여다보았다네. 그런데 이게 무어람! 롬이 실수를 했던 것일세. 하지만 그건 성공한 실수였다네!

내가 보니까 다람쥐들이 생일잔치에라도 온 것처럼 앉아서는 입을 크게 벌리고 호두과자를 먹고 있더군. 과자는 통에 들어 있었는데 뚜껑 위에 호두가 그려져 있었지. 솔방울 쪽은 더 훌륭했어. 솔방울 대신 파인애플을 가져온 거야. 사실 사람이란 누구나 헷갈릴 수 있는 법이지. 실제로 파인애플은 솔방울보다 크기만 좀 더 클 뿐이지 생김새는 비슷하지 않는가 말이야. 향기도 비슷하고 말이네. 롬이 상점에 가서 모양이 비슷한 걸 발견하고는 손가락으로 여기저기 찔러 보았던 거야. 일은 그렇게 되었던 것이지.

아무튼 그곳 사람들은 우리에게 연극 구경도 시켜 주고 박물관도 이곳저곳 보여 주고 명승지도 여러 곳을 구경시켜 주었다네. 그러던 중에 살아 있는 말도 보여 주더군. 말이란 동물은 그곳 사람들에게는 아주 보기 드문 동물이었다네. 사람들은 자동차를 타고 다니거나 걸어 다니는 경우가 훨씬 많았던 거야. 그 당시에는 농사를 지을 때 말에 쟁기를 매어 밭을 갈지 않고 자기 손으로 직접 했던 것이지. 그러니 말은 그곳 사람들에게 전혀 쓸모가 없었던 거야. 좀 어린 말들은 다른 나라로 보내 버리고, 좀 늙은 말들은 나이가 들어서 죽을 때까지 그대로 두었지. 나머지 말들은 동물원에서 마른풀이나 씹으며 멍하니 생각에 잠겨 있었다네.

만일 말을 산책에 데리고 나가면 금방 인파가 몰려들어서 소리를 지르고 교통은 엉망이 되었을 거야. 우리나라에서 기린이 거리에 나타나는 것처럼 똑같은 소동이 벌어졌겠지. 그렇게 되면 길 한가운데서 교통을 정리하는 사람은 빨간 신호등을 켜야 할지, 녹색 신호등을 켜야 할지 헷갈렸을 테고 말이야.

그렇지만 롬이나 나에겐 말은 전혀 놀라운 동물이 아니었거든. 그래서 나는 노르웨이 사람들을 놀래 줄 생각을 하였던 거야. 내가 말의 갈기를 잡고 훌쩍 올라탄 다음 구두 굽으로 말 옆구리를 걸어찼어.

노르웨이 사람들은 깜짝 놀라고 말았지. 이튿날 모든 신문에 나의 용맹한 행동에 대한 얘기와 질주하는 말 위에 타고 있는 내 사진이 실렸더군. 안장도 없이, 제복은 단추도 채우지 않은 채 바람에 날려 펄럭이는 모습이며, 비뚤어진 모자며, 다리는 덜렁덜렁 흔들거리고, 말 꼬리는 뺑소니나 치는 것처럼 위로 말려 올라가 있었지….

나중에야 깨달았다네. 사진에 찍힌 모습이 점잖치 못했으며, 뱃사람에 어울리지 않는 모습이었다는 것을 말일세. 하지만 그 당시는 흥분해서 그런 것에 신경 쓸 여유도 없었고 썩 만족스런 기분까지 들었다네. 노르웨이 사람들도 썩 마음에 들어 했지.

전체적으로 보면 노르웨이는 반가운 나라라고 할 수 있을 거야. 사람들도 훌륭하고, 조용한데다가 손님을 반가이 맞아 주는 마음씨 착한 사람들이라네.

내가 그곳 노르웨이를 간 것은 물론 한두 번이 아니었다네. 예전에 젊었을 적부터 여러 번 갔다 왔었지. 한 번은 이런 일도 있었다네.

우리 일행이 어느 항구에서 내려 거기서부터 다음 여정은 기차로 바꿔 타야 했어.

그래서 기차역으로 갔지. 열차는 금방 오지 않았어. 여행 가방을 들고 다니려니, 솔직히 얘기해서, 힘들고 불편했던 거야.

역장을 찾아가서 물어보았지.

"여기 짐을 보관하는 곳이 어디 있지요?"

역장은 아주 훌륭한 노인이었는데 어깨를 으쓱하며 이렇게 말하는 거야.

"죄송하군요. 손짐을 보관하는 곳은 이곳에 따로 마련하지 않았습니다. 하지만 아무 문제없습니다. 걱정마시고 이곳에 가방들을 놔두시죠. 아무도 손대지 않을 겁니다. 틀림없습니다…" 역장이 말하더군.

정말로 그랬다네. 얼마 전에는 내 동무가 노르웨이를 갔다 왔어. 그런데 기차에서 누가 가방을 집어 갔다는 거야. 이제는 거기 사람들도 풍습이나 살아가는 모습이 많이 변했다고 얘기하곤 한다네. 물론 제2차 세계 대전 때는 독일 사람들이 그곳에 들어가서 생활을 바꿔 놓기도 하였지. 지금도 계몽을 하는 사람들은 그 나라를 찾아가 생활 방식을 바꾸려고 한다네. 그곳 사람들도 이제는 익숙해져서 약삭빠르게 되었음은 두말할 필요도 없는 일이지. 그래서 지금은 어디서 무엇으로 쉽게 이득을 볼 수 있는지 그곳 사람들도 잘 알고 있다네. 이게 바로 문화라는 것이지!

하지만 그 당시 그곳 사람들은 아직 옛날 방식으로 살고 있었어. 조용히 살고 있었다네. 하지만 모두가 그런 건 아니었어. 그때도 노르웨이에는 지혜의 나무에서 깨달음을 얻은, 말하자면, 앞서 가는 사람들이 있었다네. 이 사람들은 그 당시에도 어디서 무엇으로 쉽게 이득을 볼 수 있는지 알고 있었지.

그 같은 상황을 아주 직접적으로 당한 사람이 바로 나일세. 거기에 한 회사가 있었네. 전화기와 라디오를 만드는 곳이었어…. 바로 이 회사 사람들이 내 이빨에 관한 정보를 냄새 맡고서 불안에 떨기 시작했던 거야. 이해할 만한 일이었지. 모든 사람이 이빨로 신호를 수신하게 된다면 라디오를 사는 사람은 아무도 없을 테니까 말일세. 그렇게 되면 손해가 엄청날 거야! 그래서 불안에 떨기 시작했던 것이지. 결국 잠시 생각을 해 보다가 내 발명품을 이빨과 함께 사들이기로 결정을 했던 거야. 처음에는 벌레 먹은 내 이빨을 사고 싶다는 제안을 담은 사무적인 편지를 그럴듯하게 보냈더군. 나는 이리저리 따져 보았어. 그러고는 이렇게 생각을 하였지. '무엇 때문에 팔아야 한담?' 이빨은 아직 괜찮았고 씹을 수도 있었거든. 그리고 벌레 먹은 이빨이 있는 건, 미안한 얘기지만, 완전히 내 문제였던 거야. 내가 아는 어떤 사람은 이가 아프면 오히려 기분이 좋다고까지 하는 경우도 있었거든. 그 사람이 말하길,

"물론 이가 아프기 시작하면 정말 아프기도 하고 기분이 안 좋기도 한 건 사실이죠. 하지만, 통증이 가시면 얼마나 기분이 좋은지 모릅니다!"

바로 그랬어. 그래서 〈이빨은 팔지 않겠소. 그런 얘기는 그만 둡시다.〉 하고 답장을 보냈지.

자, 이제 그 사람들이 잠자코 있었으리라 생각하나? 전혀 그렇지 않았다네! 내 이빨을 몰래 훔치기로 했던 거야. 깡패같이 생긴 자들이 나타나 계속해서 내 뒤를 따라붙으면서 내 입안을 들여다보기도 하고, 자기들끼리 속닥속닥 귓속말을 하더군…. 기분이 나빴지. 이빨만이라면 그래, 그럴 수도 있겠어. 그런데 일을 확실하게 한다고 머리를 통째로 가져가면 어쩐다지? 머리 없이 내가 무슨 항해를 하겠는가 말이야.

그래서 나는 불행한 사태를 피하기로 결심했다네. 항구에는 다람쥐 문제에 대한 지시 사항을 보내 달라고 요청한 다음, 악당들에게서 몸을 지키기 위해 특별 조치를 취했다네. 튼튼한 잔교를 가져와 한쪽 끝은 세관 창고 문 아래에 밀어 넣고 다른 한쪽 끝은 선원실 문 아래에다 밀어 넣은 뒤 롬에게는 〈베다〉호에 바닥짐을 실으라고 명령했어.

잔교

부두와 배 사이를 잇는 다리. 이것을 통해 짐을 싣거나 사람이 오르내린다.

바닥짐

밸러스트라고도 한다. 배에 실은 화물 양이 적어 균형을 유지하기 어려울 때 안전을 위해 배 바닥에 싣는 중량물(물이나 자갈 따위)을 말한다.

요트는 방파 난간까지 내려앉았고 잔교는 용수철처럼 휘어 있었지. 가장자리만 문 아래쪽에 걸치고 있었던 거야. 나는 잠자리에 들기 전에 장치가 제대로 되어 있는지 살펴보고는 편안하게 잠을 자러 갔다네. 당번도 세우지 않았어. 전혀 그럴 이유가 없었으니까. 드디어 아침 무렵이 되니 그들이 왔더군. 가만가만 움직이는 발소리며 문이 삐걱하는 소리가 내 귀에 들리더군. 그러다가 갑자기 뿌지직! 하는 소리가 나는 거야. 잔교가 문 아래서 튀어 올라 부러졌던 것이지….

나가서 보니까 내가 만들어 놓은 투석기가 작동을 하였던 거야. 아주 멋들어지게 말이지! 그곳 해변에는 라디오 송신탑이 있었는데 그 악당들을 그 송신탑의 꼭대기로 날려 버린 거야. 그놈들은 거기에 바지가 걸려서 매달린 채 온 도시가 떠나가라고 소리를 지르더군.

그자들을 어떻게 끌어 내렸는지는 자네에게 말할 수가 없군. 내가 보지 못했으니 말일세.

감부르크

함부르크의 러시아식 명칭. 함부르크는 독일 북부 엘베 강 하류에 있는 항구 도시다.

하겐베크(1844~1913)

독일의 동물 사육가. 하겐베크 동물원을 만들어 동물 사육과 수용 방법을 연구하고, 자연 생활 상태에 접근시키려고 노력하였다.

바로 그때 다람쥐들은 감부르크로 데려가라는 명령서가 담긴 답장이 항구에서 왔더군. 감부르크에는 유명한 하겐베크 동물원이 있었는데 거기서 갖가지 동물들을 전부 사들이고 있었지.

예전에 수영이 왜 좋은지 자네들에게 가르친 적이 있을 거야. 수영은 자기가 주인인 셈이지. 가고 싶은 데로 가도 되니까. 하지만 떼 놓을 수 없는 짐이 생기면 어떻게 될까. 그때는 마차나 마찬가지가 되어 버리지. 채찍 든 사람의 명령에 따라 짐을 끌고 갈 수밖에 없는 것이야.

그런데 감부르크로 가야 했던 것일세. 거기 가는 게 과연 내가 가고 싶어서 가는 거였겠나? 그곳에서 내가 안 본 게 있는 줄 아나? 독일 순경을 안 보았을라고? 다시 또 거래를 위해 편지를 주고받아야 하고, 화물 보관 문제를 신경 써야 하고, 세관에 신고도 해야 하고, 이렇게 저렇게 우리 항해는 복잡해져 갔던 것일세. 더군다나 그곳이 감부르크라니…. 서기 사람들은 노르웨이 사람들에 비할 바가 아니라네. 능구렁이에다가 불친절하고. 조심하지 않으면 코까지 베어 가는 사람들이거든.

말이 나온 김에 하는 얘기지만 우리나라에선 어째서 〈감부르크〉라고 발음하는지 전혀 이해를 못하겠네. 이것은 잘못된 발음이야. 그곳 사람들은 자기 도시를 〈함부르크〉라 부르고 있거든. 함부르크 쪽이 발음이 더 부드럽지. 그리고 중요한 것은 그것이 실제 현실에 더 일치한다는 것이네.

하지만 일단 명령이 떨어졌으니 복종해야지 어쩌겠나. 감부르크에 〈베다〉호를 몰고 가서 부두에 세워 놓은 뒤 말끔하게 옷을 갈아입고서 하겐베크를 찾아갔다네. 동물원도 둘러보았지. 코끼리도 있고, 호랑이도 있고, 악어도 있고, 아프리카 황새도 있더군. 그런데 정작 내가 보려 했던 다람쥐는 새장 같은 곳에 갇혀서 위에 걸려 있는 거야. 아주 멋지게 생긴 게 나의 다람쥐들과는 도저히 비할 바가 아니더란 말이야! 건달 같은 내 다람쥐들은 선창에 앉아서 호두과자나 먹고 있는데, 여기 다람쥐 집에는 회전 기구를 만들어 놓아서 다람쥐가 쉬지 않고, 태엽감긴 장난감처럼 쳇바퀴 돌듯이 뛰고 돌더란 말이지. 넋을 잃고 바라보게 되더란 말이야!

자, 그래서 나는 하겐베크란 사람을 직접 찾아가서 자기소개를 하고 배 안에 살아 있는 다람쥐 화물이 한가득 있으니 적당한 가격에 팔고 싶다는 얘기를 하였다네.

하겐베크는 잠시 천장을 바라보더니 팔짱을 끼고는 손가락을 까딱거리더군.

"다람쥐라고 하시면," 그 사람이 말하더군. "꼬리가 달리고 귀가 있는 동물을 말씀하시는 건가요? 그거라면 물론 알지요. 그러니까 다람쥐를 갖고 계시다는 얘기군요. 그러시다면 우리가 사기로 하지요. 다만, 알고 계시겠지만, 우리나라에선 밀수를 엄격하게 금지하고 있습니다. 다람쥐 화물에 대한 서류는 제대로 되어 있겠지요?"

그 말을 듣고 나는 친절한 노르웨이 사람들을 머리에 떠올리며 책상 위에 서류를 내놓았다네.

하겐베크는 안경을 꺼내 작은 수건으로 느긋하게 안경알을 닦기 시작하더군.

그런데 느닷없이 어디선가 카멜레온이 나타난 거야. 책상 위로 폴짝 뛰어올라 혀를 불쑥 내밀어 서류를 낚아채는가 싶더니 온데간데없이 사라져 버렸어. 잡으려 했지만 어디 있는지 알 수가 있어야 말이지!

하겐베크가 안경을 쓰고는 어깨를 으쓱하더군.

"서류가 없으면," 그 사람이 말하더군. "거래를 할 수가 없습니다. 거래를 했으면 좋겠지만 그럴 수가 없군요. 우리나라에선 그 문제에 대해 아주 엄격해놔서요."

나는 마음이 상해서 말다툼이라도 하고 싶었다네. 하지만 어쩌겠나. 할 수 없이 그곳을 나오고 말았지. 선착장에 다 와서 보니까 〈베다〉호에 뭔가 안 좋은 일이 생긴 것 같더군. 구경꾼들이 몰려 있고, 배 위에는 경찰이며 세관원이며, 항구의 관리들이 올라와 있는 거야…. 롬에게 꼬치꼬치 묻고 있었어. 롬은 가운데 서서 겨우겨우 되받아치고 있었고 말이야.

　나는 사람들 사이를 밀치고 들어가 그들을 진정시키고 무엇이 문제인지 알아보았네. 상황은 아주 엉뚱하고 안 좋은 쪽으로 가고 있었어. 알고 보니까 하겐베크가 세관에 이미 전화를 했던 거야. 세관에서는 어떤 법률 조항에 위반되는지 찾아내서 내가 가축을 불법으로 반입했다고 고소를 하러 왔던 것이지. 화물과 함께 배도 압수하겠다고 으름장을 놓더군….

　반박을 하려 했지만 그럴 수가 없었어. 실제로 서류도 없어져 버렸고, 다람쥐를 반입해도 좋다는 특별 허가를 받은 것도 아니었으니까. 진실을 얘기한다 해도 누가 믿어 주겠나? 잘못이 없다는 증거는 하나도 없고, 그렇다고 입을 다물고 있자니 그건 더 안 좋은 일이었지.

　한마디로 말해 상황이 아주 어렵게 된 거야.

　'에라 나도 모르겠다.' 나는 이렇게 생각했어. '될 대로 돼라지. 당신들이 그런 식으로 나온다면 나도 내 식으로 할 테다!'

제복의 깃과 단추를 단정히 하고 자세를 바르게 한 다음 지위가 제일 높은 관리에게 항의의 뜻을 밝혔다네.

"관리 여러분, 당신들의 요구는 근거가 없습니다. 국제 해양법에는 이런 항목이 있기 때문이지요. '선박의 필수 장비로 인정되는 닻, 구명보트, 하역 및 구명 장비, 통신 장비, 신호 장치, 연료, 그리고 안전한 항해에 필요한 운행 장비 전체에 대해서는 어떤 세금도 부과하지 않으며 별도의 신고를 할 의무가 없다.'"

"그 말에 전적으로 동의합니다." 고위 관리가 대꾸하더군. "하지만 선장, 이 동물들이 말씀하신 장비 중 어느 범주에 속하는지 말씀해 주시지 않겠습니까?"

나는 난처한 지경에 빠질 뻔했지만 그렇다고 물러서기엔 때가 늦어버렸지.

"마지막 범주에 속하지요. 운행 장비 항목 말입니다." 이렇게 대답하고는 구두 뒤축을 대고 뒤돌아서 버렸다네.

관리들은 처음엔 어이없어 하다가 잠시 후 자기들끼리 속닥속닥하다가 다시 가장 높은 관리가 앞으로 나서더군.

"만약에," 그 사람이 말하더군. "선장님의 배에 있는 가축이 실제로 운행 장비로 사용된다는 점을 증명하신다면, 우리는 기꺼이 법률적인 청구를 포기하겠습니다."

자네도 한번 생각해 보게나. 그런 일은 증명하기가 쉽지 않다네. 증명하기는커녕 시간이나 벌 수 있으면 다행이지!

"그런데 말입니다." 내가 말했어. "그것을 움직일 장치 일부가 수리를 맡겨서 여기에 없습니다. 내일 보여 드려도 될지 모르겠군요."

사람들이 가더군. 하지만 밖을 보니까 〈베다〉호 바로 옆에다 언제든지 출동할 준비를 갖춘 경찰 순시선을 붙여 놓았던 거야. 내가 몰래 도망가지 못하게 말이야.

나는 선실에 틀어박혀 하겐베크 동물원에 있던 다람쥐를 머리에 떠올렸다네. 종이와 컴퍼스, 자를 들고 도면을 그리기 시작했지.

한 시간 후 나는 롬과 함께 대장장이를 찾아가 바퀴를 만들어 달라고 주문했다네. 두 개는 기선에 있는 바퀴와 같은 모습으로, 또 하나는 물레방아와 같은 모습으로 만들어 달라고 하였지. 물레방아 모양의 바퀴에 있는 물받이판만 밖으로 나오게 해 놓고 우리가 안쪽을 작업한 뒤에 양옆에서 덮개를 씌웠다네. 대장장이는 용하게 일손도 빠르고 이해력도 빠르더군. 시간 내에 모든 걸 다 해 주었지.

다음 날. 전날 만들어 놓은 걸 아침부터 〈베다〉호로 운반했다네. 기선 바퀴는 배 양옆에 붙여 놓고, 물레방아 바퀴는 배 한가운데에 설치하여 바퀴 세 개를 굴대 하나로 연결한 다음 다람쥐들을 풀어 놓았다네.

다람쥐들은 햇빛과 신선한 공기 때문에 처음엔 어리둥절하더니 곧

미친 듯이 바퀴 안의 물받이판으로 달려가더군.

우리가 만든 기계가 작동을 시작하자 〈베다〉호는 돛을 올리지 않았는데도 움직이더군. 얼마나 빠르던지 순시선에 타고 있던 경찰들이 겨우겨우 우리를 쫓아올 정도였다네.

다른 배에 타고 있던 사람들이 사방에서 쌍안경으로 우리를 보더군. 해변에는 인파가 몰려들었지. 우리 배가 가면서 생겨난 물결만이 양옆으로 넘실넘실 퍼져 갔다네.

얼마 후 우리는 배를 돌려서 선착장으로 돌아왔어. 어제 보았던 그 관리가 왔는데 완전히 허탈한 표정이었네. 소리를 지르고 투덜거렸지만 어쩔 수가 없었던 거지.

저녁이 되니까 하겐베크가 직접 승용차를 몰고 오더군. 차에서 내려 잠시 살펴보더니 팔짱을 끼고 손가락을 꼼지락거리데.

"브룬겔 선장님." 그가 말하더군. "이게 당신이 말씀하신 다람쥐입니까? 물론 기억하고 있지요. 가격은 얼마나 생각하고 계십니까?"

"그러니까," 내가 말했어. "가격이 문제가 아니죠. 아시겠지만 다람쥐 화물에 대한 서류를 분실한 것이 문제지요."

"아, 그건 괜찮습니다." 그 사람이 얘기하더군. "선장님, 걱정하지 않으셔도 됩니다. 선장님은 어린아이가 아니시니 이해해 주셔야 합니다. 우리나라에서는 이 문제에 대해 분명하게 하기 때문이지요. 가격

69

을 말씀해 주시죠…."

나는 높은 가격을 불렀다네. 그 사람이 잠시 이맛살을 찌푸리더니 흥정도 하지 않고 그 자리에서 돈을 지불하더군. 그러고는 다람쥐들을 바퀴와 함께 가져가며 끝으로 이렇게 묻는 거야.

"이 다람쥐들 사료는 어떻게 줘야 합니까?"

"호두과자와 파인애플을 주면 됩니다." 이렇게 대답한 뒤 우리는 헤어졌네.

나는 이 하겐베크란 사람이 마음에 들지 않았어. 감부르크도 전혀 마음에 들지 않았지.

5장

청어, 그리고 지도 이야기

네덜란드는 절대로 들르고 싶은 마음이 없었다네. 이 나라는 작은
데다가 여행하는 사람들에게 그다지 큰 흥밋거리를 주지 못하거든. 다
만 이 나라에는 주목할 만한 것이 세 가지 있네. 그건 네덜란드 잉크,
네덜란드 치즈, 그리고 네덜란드 청어 일세.–네덜란드는 잉크와 치즈, 청어가 유명하
며, 특히 청어가 세계적으로 유명하다.

　뱃사람인 나의 흥미를 끌었던 것은 세 번째 것이었지. 그래서 나는
로테르담에 들러 청어에 관한 일을 알아보기로 하였어.

청어

청어과의 바닷물고기. 몸길이는 35cm 정도이고 늘씬하고 옆으로 납작하다. 등은 짙은 청색이고 옆구리와 배는 은빛을 띤 백색이다. 한국 동해, 미국 북부, 일본 등지의 근해에 분포한다.

로테르담

네덜란드 서부, 라인 강과 마스 강 하구에 있는 유럽 최대의 항구 도시

마리네이드

식초, 향신료, 포도주를 넣은 액체. 여기에 생선을 담갔다가 꺼내 먹는다.

청어 산업이 번창하던 곳이 거기였거든. 거기에선 청어를 잡아 소금에 절이거나 마리네이드에 넣기도 하고, 싱싱한 청어를 냉동하거나 산 청어를 사서 수족관에 넣기도 한다네.

청어에 대해선 아주 놀랄 만한 것이 하나 있었는데, 네덜란드 사람들에겐 특별한 비밀이 있는 것 같았네. 그렇지 않고서야 이런 이상한 일을 어떻게 설명하겠느냔 말일세. 예를 들어 스코틀랜드 사람이 고기를 잡는다고 치세나. 어망을 던졌다가 끌어 올리면 청어가 한가득 올라오겠지. 처음엔 물론 좋아할 거야. 하지만 꼼꼼히 살펴보고, 들여다보고, 맛을 보고 나면 그들이 잡은 청어는 영락없이 스코틀랜드 청어로 밝혀진다네.

노르웨이 사람들도 시험을 해 보았다네. 노르웨이 사람들이야 아주 훌륭한 일급 어부들 아니겠나. 하지만 그 사람들도 이 문제에서는 마찬가지란 말일세. 그들도 어망을 던졌다가 끌어 올리면 청어가 잡히긴 하지만 죄다 어김없이 노르웨이 청어였던 거야.

그런데 네덜란드 사람들은 고기를 잡고 또 몇 년을 잡아도 그들에게 늘 다양한 종류의 네덜란드 청어만 잡히더란 말이지. 물론 그 사람들은 이런 사정을 이용하고 있다네. 오른쪽 왼쪽에, 그러니까 남아프리카와 북아메리카에 자기들 청어를 팔고 있지.

나는 이 문제를 깊이 연구해 보았네. 그러다 전혀 예기치 못하게도 한 가지 중요한 발견을 하였어. 이 때문에 나의 애초 항해 계획은 송두리째 바뀌고 말았지. 이런저런 관찰을 한 후에 나는 아주 정확하게 확인을 했다네. 모든 청어는 물고기지만, 모든 물고기가 청어인 것은 아니라는 사실을 말이야.

그게 무슨 말이냐고?

그건 말일세, 막대한 돈을 쓸데없이 낭비할 필요는 없다는 의미일세. 청어를 통에 담아서 배에 실었다 내렸다 할 이유가 없다는 것이지. 청어를 무리 지어 혹은 떼로 몰아서 지정한 곳에 산 채로 몰고 가면 더 간단하지 않겠나?

모든 청어는 물고기라는 말은 청어가 물에 빠져 죽을 일은 없다는 의미일세. 고기한테야 헤엄치는 일은 타고난 것이 아니겠나. 그리고 다른 물고기가 끼어드는 경우를 생각해 보면 말일세, 모든 고기가 청어가 아닌 것은 당연한 얘기지. 내 말은 다른 고기가 끼어들었다 해서 그 고기를 골라내고, 갈라내고, 내몰고, 없애 버리고 하는 따위의 일은 할

필요가 없다는 것이지.

더구나 옛날 방식으로 화물을 운반하려
면 많은 선원을 거느리고 거대한 화물선으
로 복잡하게 작업을 해야 했겠지만, 새로운
방식에선 우리 〈베다〉호 보다 크지 않은 배
를 가지고도 능히 처리할 수 있거든.

이건 말하자면 이론이라고 할 수 있었어. 하지만 매력이 있는 이론
이었으므로 나는 내가 구상한 것을 직접 실험해 보기로 결심을 했다

 알렉산드리아 항구

이집트 북부에 있는 이 나라 제
일의 무역항. 기원전 332년 알렉
산더 대왕 때 건설하였으며, 오랫
동안 고대 이집트의 수도였다.

네. 그랬더니 금방 일거리가 생기더군. 북아프리카의 알렉산드리아 항구로 청어를 운반해 달라는 일이었지. 사람들은 잡아 놓은 청어를 소금에 절이려고 했지만 내가 못하게 하였어. 청어를 풀어 주고 무리를 이루게 하여 롬과 함께 돛을 올리고 출발을 하였다네. 롬이 타륜을 잡았고, 나는 배 맨 앞쪽에 있는 가로 누운 활대 위에 기다란 작대기를 들고 끼어드는 고기가 보이기만 하면 그 주둥이를 때렸다네. 주둥이를 정통으로!

일은 아주 훌륭하게 진행되어 갔다네. 우리 청어들은 죽지도 않고 잽싸게 몸을 움직이며 앞으로 나아갔지. 우리가 겨우겨우 그 뒤를 쫓아갈 정도였어. 옆에서 끼어드는 고기도 없었지. 하루는 그렇게 지나갔어. 아무 일 없이 말일세. 그런데 밤이 되자 이게 쉬운 일이 아니구나 하는 느낌이 드는 거야. 쫓아가는 것도 피곤한데다가 한눈을 팔 수도 없고, 중요한 것은 잠잘 틈이 없다는 거야. 한 사람은 청어에 매달리고, 다른 사람은 타륜을 잡고 방향을 조종하기도 바쁘니 말이야. 하루나 이틀이라면 까짓것 어떻게든 해 보겠는데 길은 멀고 앞에는 대양과 적도가 있으니…. 한마디로 말해서, 이 상황을 제대로 처리하지 못하면 만사가 도로아미타불이 되어 버리는 거였지.

그래서 나는 곰곰이 따져 본 뒤 선원을 한 사람 더 배에 태우기로 결정을 하였네. 마침 장소도 좋았다네. 그때 우리는 영국 해협에 진입하고 있었는데, 거기에는 프랑스의 칼레가 아주 가까이 있다네. 칼레항에는 일을 구하지 못한 선원들이 늘 넘쳐난다네. 목수나 갑판장, 제 일급 타수 아무나 원하는 대로 고를 수가 있지. 나는 잠시 생각하며 해변 가까이 접근하여 〈베다〉호를 정박하고 수로 안내선을 호출하여 선원을 한 사람 구해 오라고 롬에게 명령을 했다네.

　이건 물론 내 실수였다네. 선원들 간에 협동을 이루는 일은 중대하고도 신중해야 할 일이지. 롬은 물론 열심히 하려는 사람이지만 젊어서 경험이 없었어. 내가 직접 그 일을 맡아서 해야 했지만 여기 배에서 해야 하는 일도 멍하니 시간을 보내는 게 아니었단 말일세. 어찌 되었건 청어를 산 채로 몰고 가는 것은 처음 하는 일인데다가, 처음 하는 일에는 어디에나 곤란한 문제가 생기기 마련이었으니까. 주의를 하고 또 주의를 해야 했지. 내가 자리를 벗어나서 소홀히 했다가는 청어들이

영국 해협

영국 남해 쪽과 프랑스 북서 해안 사이에 있는 해협. 북동부에 있는 도버 해협과 함께 대서양과 북해를 연결한다.

칼레

도버(Dover) 해협에 면해 있는 프랑스의 항구 도시. 도버 해협은 영국의 남동부와 프랑스의 북동부 사이에 있는 해협이다. 영국과 유럽 대륙을 연결하는 최단 거리의 수로(水路)로 영국의 도버 시와 프랑스의 칼레 시 사이를 연결하며, 해협의 너비는 30~40km이고, 깊이는 35~55m에 달한다.

갑판장

선장 밑에서 선원들을 관리하는 직책에 있는 사람. 말 그대로 갑판을 다스리는 사람

타수

키를 조종하는 사람

모두 흩어지고 말 테니까 말이야. 그렇게 되면 손해는 헤아릴 수도 없을 것이고, 또 세상 사람들은 나를 얼마나 조롱하겠나. 더구나 중요한 점은 처음 시도하는 이 훌륭하고 쓸모 있는 첫 번째 사업을 망쳐 버리게 된다는 것이었지.

그렇게 처음에 시도한 일이 성과가 없으면, 종종 그렇듯이, 아무도 믿지 않게 되고 나중에는 시도해 보려고도 하지 않을 걸세.

'그래, 됐다. 그렇게 하기로 하자.' 이렇게 생각하고는 롬을 칼레항으로 보낸 뒤 나는 안락의자를 갑판에 꺼내 놓고 거기에 앉았다네. 한 눈으로는 책을 읽고, 다른 눈으로는 청어를 살폈지. 고놈들이 먹이 사냥도 하고 장난도 치느라 비늘이 햇빛을 받아 반짝반짝하더군.

저녁 무렵 롬이 선원을 한 사람 데리고 돌아왔다네.

보니까 겉모습은 그럴싸한 친구더군. 그다지 젊지는 않지만 그렇다고 나이가 들지도 않았어. 키는 사실 조금 작았지만 눈치도 재빨라 보이고 턱수염은 해적 같더군. 소문에 듣기론 이곳 사람들 머리카락이 불그스레하다고 들었는데 이 사람은 전형적인 갈색 머리더란 말이야. 글도 읽을 줄 알고 담배도 안 피우는데다가 옷은 단정하게 입었더군. 그리고 영어, 독일어, 프랑스어, 러시아어, 이렇게 네 개 언어를 알고 있었지. 롬은 특히 이 점에 마음이 끌렸던 거야. 그렇지만 그때는 유감스럽게도 영어는 벌써 잊어버리기 시작했더군. 새로 온 선원은 푹스라는 좀 이상한 성을 지니고 있었는데 성이 뭐 별거겠나. 그래서 나는 롬의 귀에다 대고 이렇게 속삭이기까지 했다네. "푹스라는 저 사람은 보통 선원이 아니라 진짜 대단한 보물인걸. 지도도 아주 잘 볼 줄 안다니 말일세." 이렇게 말이네.

나는 완전히 안심을 했지. 지도를 볼 줄 안다는 것은 뱃사람이라는 의미이고, 또 타륜을 잡을 줄도 안다는 의미였지. 필요한 경우에는 혼자서 당직을 설 수도 있을 테고 말이야.

한마디로 말해 나는 만족이었네. 푹스를 선원 명부에 올리고, 해야할 일을 설명해 준 다음 선창에 그의 자리를 배정해 주라고 롬에게 명령했어. 그리고서 우리는 돛을 올리고 방향을 돌려 다시 항해를 시작했다네.

우리가 선원 한 사람을 태운 것은 정말 때를 잘 맞춘 것이었어. 그 전까지만 해도 우리는 운이 좋았던 거야. 바람은 계속 배 뒤에서 불었거든. 순풍이었지. 그런데 이제는 앞에서 불어오더군. 〈코앞바람〉으로 바뀐 거야. 다른 때 같았으면 나는 힘을 아끼느라 배를 제자리에 세워두거나 닻을 내렸겠지만 지금은 아니었어. 청어가 있지 않은가 말이야. 청어한테 바람은 아무 문제가 되지 않았지. 바람이 아무리 불어도 청어는 전속력으로 앞으로 나아가고 있었으니까. 그러니 우리가 어찌 멈출 수 있겠나. 그래서 우리도 갈지자로, 지그재그로 가야 했다네. 나는 휘파람을 불어 선원을 전부 올라오게 했네. 롬에게는 청어를 몰게 하고 내가 직접 타륜을 잡아 속력을 내었어. 나는 명령했네.

"방향 전환 준비!"

주범
중심이 되는 돛대 위에 달린 큰 돛

그런데 보니까 푹스가 주머니에 손을 넣은 채 멀뚱히 서서 돛만 멍하니 바라보고 있는 거야.

그래서 즉각 그를 향해 말했다네.

"푹스," 나는 소리쳤어. "주범을 완전히 펴게나!"

그는 꿈에서 깬 것처럼 놀라서 얼이 빠진 듯이 보고 있더군. 그러더니 구명대며 비상 밧줄이며 등불 같은 것을 계속해서 선실로 집어넣는 거야. 이렇게 되니 방향 전환을 못한 것은 물론이었네. 때를 놓친 거야.

"중지!" 내가 소리쳤어.

푹스는 그때 모든 세간을 뒤로 끌어다가 파도를 막는 난간 옆에 놓고 있었다네.

이걸 보니까 우리가 고른 사람은 평범한 선원이었던 거야! 완전히 거꾸로 보았던 거였네! 무슨 일이 일어나도 눈 하나 깜빡하지 않는 나였지만 그런 상황에서는 화가 치밀더군.

"어이, 자네, 푹스." 내가 말했어. "자네는, 제기랄, 도대체 뭐하는 사람인가?"

"저는," 그가 이렇게 답하는 거야. "선원이 아닙니다. 지금 저로서는 그냥 빼도 박도 못하는 상황이 되어 버렸군요. 친구들이 기분 전환이나 하고 오라고 해서 배를 탄 건데…."

"가만," 내가 말을 끊었네. "롬이 나에게 말하기로는 자네가 지도를 볼 줄 안다고 하던데?"

"아, 그건 그 사람이 자기 마음대로 생각한 것이죠." 푹스가 말하더군. "카드는 저의 전공이죠. 카드는 저의 밥줄이랍니다. 그런데 이 카드는 바다에서 쓰는 카드, 그러니까 지도가 아니라 카드놀이를 할 때 쓰는 카드를 말하는 것이죠. 타짜꾼이라고도 할 수 있을 정도랍니다."

그 말을 듣자 나는 주저앉고 말았다네.

자네도 생각해 보게나. 내가 이 사람을 어떻게 해야 하겠나?

해고를 해 버리고 바닷가에 내려놓자니 다시 하루를 허비하는 꼴이 되어 버리는 거야. 바람은 거세지고 있으니 당장이라도 폭풍이 불어서 청어는 다 도망가 버리고 말 상황이었네. 그렇다고 아무 쓸모도 없는 이 사기꾼을 데리고 가는 것도 탐탁치가 않았어. 그 자는

지도

러시아어에서 카르트이(karty)란 말은 '지도들'이라는 의미와 '카드(트럼프)'라는 두 가지 의미를 갖는다.

타짜꾼

노름판에서 남을 잘 속이는 재주를 가진 사람

아딧줄

바람의 방향을 맞추기 위하여 돛을 매어 쓰는 줄

바다 일도 해 본 적이 없을 뿐만 아니라 아딧줄조차도 몰랐다네. 나는
절망할 뻔했지.

그런데 순간 좋은 생각이 퍼뜩하고 떠오르는 걸세. 나는 가끔 심심
할 때면 카드로 점치는 걸 좋아한다네. 그래서 배 안에는 카드 한 벌이
있었지. 나는 밧줄마다 카드를 서둘러 매어 놓고 요트를 바람이 오는
쪽으로 향하게 하고는 반복해서 훈련을 시켰다네.

"방향 전환 준비! 스페이드 3은 풀고, 하트 잭은 당기고, 클로버 10
은 감아…."

그랬더니 아주 멋지게 방향 전환이 되더군. 이 푹스라는 사람은 정
말로 타짜꾼이었던 거야. 한번은 컴컴해서 잘 보이지 않는데도 카드패
를 혼동하지 않더라니까….

이렇게 해서 우리는 계속 나아갔다네. 갈지자로 나아갔지. 바람은
거세졌어. 그런 거야 아무래도 괜찮았지만 청어 때문에 마음이 불안해
서 못 살겠는 거야. 청어가 날씨에 어떻게 반응할지 누가 알겠나? 나야
서둘 일도 없는데다가 빨리 전해 줘야 하는 급행 화물도 아니었으니
모험을 할 이유가 어디 있겠나? 그래서 나는 항구에서 바람이 가라앉
을 때까지 기다리기로 했다네.

6장

오해에서 시작하여 뜻밖에 먹 감는 걸로 끝난 이야기

화이트 섬 근처에서 나는 배를 오른쪽으로 돌려 영국의 사우스햄프턴으로 갔다네. 정박지에 닻을 내린 뒤 롬에게는 청어를 지키라고 지시하고, 나와 푹스는 노가 달린 작은 배를 저어서 해변에 도착했다네. 우리가 배를 내린 곳은 아담하고 아주 멋진 곳이었다네. 잔디는 단정하게 깎여 있고 작은 길에는 모래를 깔아 놓아 어딜 가나 아름다운 울타리와 이런

 화이트 섬

영국 해협에 있는 잉글랜드의 한 지방. 햄프셔의 남해안 근해에 자리 잡고 있으며 솔런트 해협을 사이에 두고 본토와 떨어져 있다.

83

사우스햄프턴
영국의 한 도시로 해양 관광지로 유명함

중산모자
꼭대기가 둥글고 높은 서양 모자

실크해트
남자가 쓰는 정장용 서양 모자. 춤이 높고 둥글며 딱딱한 원통 모양에 윤기가 있는 깁으로 싸여 있다.

푯말이 붙어 있었어.

〈출입 금지. 아치발드 댄디 저택〉

그런데 우리가 배에서 내려 한 걸음을 내딛기도 전에 연미복에 중산모자를 쓰고 흰색 넥타이를 맨 신사들이 우리를 둘러싸는 거야. 이 사람들이 댄디 씨와 가족들인지, 외무 장관과 그 수행원들인지, 아니면 비밀 경찰의 첩보원들인지, 옷차림으로 봐서는 알아낼 수가 없더군. 그래 가까이 다가가 인사를 나누고 대화를 해 보고선 그 사람들이 누군지 알게 되었다네. 알고 보니 이 사람들은 거지였던 거야. 영국에서는 구걸을 하는 것이 법으로 아주 엄격하게 금지되어 있었다네. 하지만 연미복을 입고 구걸을 하면 물론 아무 문제가 없었지. 만일 어떤 사람이 그런 모습을 보더라도, 거지는 없고 다만 신사가 신사를 돕는다고 생각을 하게 되는 것이지.

그래서 나는 그 사람들에게 동전을 나눠 주고 계속 걸어갔다네. 갑자기 맞은편에 또 한 사람이 오고 있더군. 하늘을 찌를 만큼 키가 큰 사람이었네. 그 사람과 엇갈려 지나갈 즈음 실크해트를 벗고 아주 정중한 자세로 인사를 하더군. 나도 짐작하는 바가 있어서 주머니를 뒤져

이백 원을 꺼내 그의 모자에 직접 넣어 주었다네. 그러고 난 뒤 고맙다는 말을 기다리고 있는데, 아 글쎄, 돌연 성을 내며 씩씩거리더니 외눈 안경을 쓰고선 아주 위엄 있는 태도로 이렇게 말하는 거야.

"저는 아치발드 댄디라는 사람이올시다. 에스콰이어죠. 제가 뵈옵는 영광을 가지게 된 분은 성함이 어찌 되시는지요?"

> 🛟 **에스콰이어(향사)**
>
> 영국에서 기사 다음가는 직위

"먼바다 항해 선장 크리스토퍼 브룬겔이라 합니다." 하고 내 소개를 하였지.

"매우 반갑습니다." 그가 말하더군. "한판 붙어 보시죠, 선장님!"

나는 사과를 하려 했지만 웬걸! 보니까 이미 늦어 버린 거야. 그런 상황에서 사과가 무슨 소용이 있겠나! 그가 모자는 잔디에 놓고 연미복을 벗어 던지더군…. 그래서 나도 맞서기로 작정을 하였네. 제복을 벗은 다음 싸울 태세를 하였지.

푹스가 망설이지 않고 심판을 보겠다고 나서더군. 그가 한 옆으로 오는가 싶더니 목청이 터져라 소리치는 거야.

"세컨드 아웃, 땡!"

댄디 씨가 훌쩍 뛰어오더니 숨을 헐떡이며 휙휙 주먹을 휘두르더군. 아이들이 기차놀이하는 모양 같았다네. 그러곤 나한테 덤벼들더군. 나도 주먹을 휘두를 수밖에 없었지.

나는 주먹질하는 걸 좋아하지 않는다네. 하지만 이건 권투였던 거야. 떳떳한 격투였던 거지. 근데 말이네, 내가 손을 치켜들고 때렸는데 글쎄… 한 대도 맞힐 수가 없는 거야.

보니까 이런 치사한 일이 있나. 우리는 체급이 달라서 내가 아무리 겨냥을 하고 때려도 그 사람 허리 위로는 손이 닿지를 않는 거야. 이건 규칙에 어긋난 것이었지. 반대로 저쪽도 내 모자 위의 허공에만 주먹을 휘두르더군. 역시 모두 헛손질이었지. 1라운드는 그렇게 득점 없이 끝났다네.

하지만 어쨌든 승부는 가릴 필요가 있었지. 그런데 우리를 곤경에서 구한 건 푹스였다네.

"여기 타세요, 선장님." 그가 나더러 자기 어깨에 타라고 말하면서 앉는 거야.

내가 목말을 타니까 상황은 완전히 달라졌어. 이제는 내 체급이 상대와 같아져서 정정당당하게 겨룰 수가 있게 되었지. 목말이 된 푹스가 뛰면서 격투의 열의를 다지더군. 이제는 해 볼 만해 보이더군.

"시작하게, 푹스!" 내가 말했지.

그도 쉬운 것 같지는 않았지만 씩씩하게 목쉰 소리로 종소리를 내었네.

"시작-땡!"

우리는 다시 붙었지….

댄디 씨는 잘 싸우더군. 나는 양 눈썹 가운데를 정통으로 맞았지만 즉시 젊은 시절을 머리에 떠올리고는 푹스에게 박차를 가해 인파이팅으로 바꾸고 상대에게 필사의 어퍼컷을 먹였지.

순간 그는 죽은듯이 눈을 감고서 똑바로 선 자세로 돛대처럼 넘어지는 거야. 푹스가

그 사람 조끼 주머니에서 시계를 꺼내 큰 소리로 카운트를 하기 시작했네. 40분쯤 지나서야 댄디 씨가 정신을 차리더군. 턱을 잠시 문지르고 놀란 눈으로 여기저기 보더니 나와 푹스를 발견하자 벌떡 일어나서 옷매무새를 가다듬더군.

나는 거듭해서 자기소개를 하고 사과를 하고 오해를 하게 된 이유를 설명했다네. 그리고 화해를 하였다네. 인사를 나누고 악수를 한 뒤 얘기를 나눴어. 친구처럼 가까운 사이까지 되었지. 그런 뒤 그의 저택을 구경하고 그의 집에 들어가 차를 한 잔 마시고 벽난로 옆에 잠시 앉았다가 같이 〈베다〉호로 돌아왔다네.

댄디 씨는 내 요트를 구경하더니 황홀해하더군. 그러더니 손가락으로 셈을 하기 시작하는 거야.

"오늘이 목요일이니까… 내일은 금요일, 모레는 토요일…. 브룬겔 씨." 그가 불쑥 소리쳐 부르더군. "이건 하늘이 주신 기회로군요! 일요일에 전국 요트 대회가 있습니다. 거기 참가하시면 반드시 승리하실 겁니다. 제가 함께 가겠습니다. 이번에야말로 볼드윈 씨도 대망신을 당하게 될 테지."

솔직히 말해서 나는 무슨 말을 하는지 곧바로 이해하지 못했지만 댄디 씨가 모든 것을 설명해 주더군. 자기한테는 그러니까 볼드윈 씨라는 이웃 사람이 있다는 거야. 그런데 이 볼드윈이라는 사람하고는 사사건건 경쟁을 한다는군. 누가 아는 것이 많나, 누가 맨 넥타이가 더 멋지나, 누가 더 좋은 담배 파이프를 가지고 있나 등등…. 그런데 이 모든 것들도 그렇지만 그 중에서 가장 다툼이 심한 게 요트 얘기를 할 때라더군. 두 사람은 알고 보니 불구대천의 요트 경쟁자여서 요트 경기에서 상대의 코를 납작하게 만들 수만 있다면 모든 것을 다 내줄 수도 있을 정도라고 하더군.

그런데 이 댄디 씨가 전문가의 눈으로 우리 〈베다〉호를 쓰윽 한번 보고는 그 우수함을 알아보고, 이런 배를 가지고 시합에 참가하면 어떤 날씨에도, 어느 시합이라도 승리는 따 놓은 당상이라는 걸 알았던 거야. 정말 그랬다네!

간단히 말하면 그 사람은 내가 시합에 참가하도록 설득을 하였던 거지.

"같이 가시죠." 그가 말하더군. "시합도 재미나고, 배도 훌륭하니, 제가 신사의 명예를 걸고 말씀드리건대, 최고상인 임금님상과 작은 상인 넬슨 제독 상을 모두 딸 수 있을 겁니다."

상을 타려고 시합을 하는 것은 별로였지만 시합이라면 참가하지 않을 이유가 어디 있겠나? 배도 아주 훌륭한데다가 선원들도 믿음직스럽고, 더군다나 나도 배를 처음 운전하는 초보 운전수가 아니었으니까 말이야. 기회라고 할 수 있었지….

넬슨 제독(1758~1805)

이순신 장군과 같은 영국의 해군 영웅

포츠머스

영국 잉글랜드 남부에 있는 항구 도시. 해군 기지로 발전하였다.

그래서 찬성을 하려고 하다가 문득 '청어는 어떻게 한다지?' 하는 생각이 들더군. 청어를 어디에 둔다지? 그래서 댄디 씨에게, 배는 마음대로 움직일 수 없으며 청어 때문에 손발이 꽁꽁 묶여 있다고 설명을 하였어. 그는 처음엔 실망을 했지만 잠시 후 이 문제를 해결해 주겠다고 약속하더군. 그러더니 실제로 해결을 해 주었네. 바로 그날 나는 허가를 얻어서 청어 떼를 전부 포츠머스 해군 기지에 몰아넣었던 것이라네.

그리고 나서 우리는 요트를 손보기 시작했어. 뱃전엔 기름을 칠하고, 전투에 나서기 전처럼 필요 없는 것은 모두 치우고, 용총줄은 팽팽하게 조여 놓았지. 시합 날 아침 댄디 씨가 하얀 제복을 입고 입에는 파이프 담배를 물고 〈베다〉호로 오더군. 그는 예기치 않게 시합에 질 경우를 대비해서 위스키소다를 두 상자 실으라고 말하고는 외눈 안경을 쓴 뒤 담배를 피우며 고물에 앉았다네.

시합이 있을 때면 언제나 그렇지만 돛이며 삼각 깃발들, 바닷가의 구경꾼들로 해변은 사람이 꽉 찼더군. 흥분되는 광경이었지. 나야 웬만해선 눈썹 하나 까닥 않는 사람이었지만 이 순간은 조금 긴장이 되었다네. 드디어 배들이 출발선에 섰어. 신호를 기다렸지. 출발! 돛은 바람을 흠뻑 안고 요트가 달리기 시작했다네. 허풍 떨지 않고 자네한테 하는 얘기네만, 우리는 멋지게 선두를 차지했어. 다른 배들을 모두 뒤로 제쳐놓았던 거야. 물살을 가르고 승리의 기쁨을 미리 맛보며 앞으로 달려갔네.

거의 모든 구간에서 그렇게 선두를 달렸네. 그런데 결승점을 바로 앞두고 우리는 방심을 하고 말았다네. 잠시 따져 보지도 않고 해안 쪽으로 배를 몰고 갔다가 바람이 없는 곳을 만나 그만 돛이 바람을 못 받게 되었던 것일세. 돛은 축 처지고 헐렁헐렁해졌어. 콧바람이나 분 것처럼 보기가 흉하더군. 롬은 어떻게든 바람이 불어오게 하려고 돛을 문지르고 있었고, 푹스도 똑같은 목적으로 휘파람을 불었어. 그렇지만 이런 건 모두 미신이고 쓸데없는 짓이지. 나는 그런 걸 믿지 않는다네.

〈베다〉호가 멈춰 있는 사이 경쟁자들이 우리 뒤를 바싹 따라왔더군. 우리 앞에는 볼드윈 씨가 배를 타고 한가운데 있는 거야.

댄디 씨는 잠시 배 뒤를 보다가 슬퍼하기 시작했다네. 욕설을 퍼붓고는 위스키소다 상자의 뚜껑을 열어 한 병을 꺼내서는 뽕 하고 병마개를 따더군.

병마개가 대포알처럼 날아가데. 그때 〈베다〉호가 충격을 받아 눈에 띄게 앞으로 나아가는 거야.

나도 낙담을 하고 있다가 이것을 알아채고는 무언가 할 일이 생각났다네. 댄디 씨가 술을 마시며 슬픔을 달래고 있을 때 나는 옛날 속담을 머리에 떠올렸던 거야. 그 속담은 〈나쁜 배도 없고, 나쁜 바람도 없다. 다만 나쁜 선장만 있을 뿐이다〉는 것이지.

하지만 나 같은 사람은 절대로 이 속담의 마지막 부분에 해당될 수 없는 일이지. 허풍을 떠는 게 아니라 나는 훌륭한 선장이라네. 사람들이 좋아하건 싫어하건 사실은 사실이지 않은가. 그래서 나는 우리가 할 일이 무엇인지 설명을 해 주고 명령을 내렸다네….

우리 선원 세 사람 모두 배 뒤에 서서 차례차례 병마개를 따기 시작했다네.

그랬더니 댄디 씨도 조금 활기를 되찾더군. 주머니에서 손수건을 꺼내 구령을 하였던 거야. 그 소리에 맞추어 상황은 훨씬 좋아졌다네.

"추진포 발사!" 그가 소리쳤어.

병마개 세 개가 천둥 같은 소리를 내며 날아가더니 배 가까이 날고 있던 갈매기를 맞히더군. 소다수가 쏟아져 배 뒤쪽 물에서 뽀글뽀글 거품이 일었지. 댄디 씨는 수건을 더 빠르게 흔들며 계속해서 소리쳤지.

"추진포 발사! 발사!"

트라팔가르 해전을 방불케 했다네. 아무렴 그렇고 말고….

그러는 사이 〈베다〉호는 로켓의 원리에 따라 앞으로 전진하며 속력을 냈던 거지.

이제는 곶에서 벗어나 돛은 바람을 받고, 용총줄은 팽팽해지며 윙윙 소리를 내기 시작했지.

트라팔가르 해전

1805년에 넬슨이 이끄는 영국 함대가 스페인의 트라팔가르 앞바다에서 프랑스와 스페인의 연합 함대를 격파한 싸움. 이 싸움으로 영국은 100여 년 동안 제해권을 차지하였다.

곶

바다 쪽으로 좁고 길게 뻗어 있는 육지의 한 부분

우리는 놓칠 뻔했던 승리를 향해 나아갔어. 경쟁자들을 하나하나 따라잡았던 거야. 해변에서는 사람들이 흥분해서 소리치고 있었지. 이제 앞에 남은 건 볼드윈 씨 배밖에 없었다네…. 마침내 우리는 그 사람 배와 어깨를 나란히 하다가 다시 배 반만큼 앞서고, 결국은 완전히 추월하고 말았던 거지…. 바닷가에선 오케스트라가 팡파르를 울리더군. 댄디 씨가 씨익 웃더니 다시 구령 소리를 외쳤어.

"추진포로 경례!" 그렇게 말하고는 기절을 해 버리더군.

다음 날이 되자 세상은 온통 우리 승리에 대한 얘기뿐이었어. 신문들은 모두 대문짝만 하게 제목을 달고 전날 있었던 놀라운 시합을 자세히 써 놓았던 거야. 그러자 여기저기서 친구처럼 지내자는 사람도 찾아오고, 축하 인사도 많이 받았다네. 하지만 이번 승리 때문에 우리는 친구만이 아니라 적을 만들고 말았던 것일세.

볼드윈 씨가 여기저기 돌아다니며 소문을 퍼뜨리고 말을 만들고 음모를 꾸미기 시작했다네. 그러다가 결국은 진짜 추악한 사건이 터지고 말았지. 하지만 이 사건은 은밀하게 추진되었던 터라 우리는 전혀 의심도 하지 않고 상을 받으러 갔다네.

시상식장은 정말 웅장했다네. 이전에 세관이었던 건물에서 무게를 재는 방에 왕실 요트 클럽 회원이 전부 모였더군.

이곳 사람들은 수상자의 몸무게보다 더 무거운 상을 주는 걸 특히 자랑스럽게 생각하였다네. 사람들은 나더러 저울에 올라서 보라고 했지만 나는 최대한 많은 상을 받고 싶었지. 그래서 우리 선원 전체의 무게를 재기로 했다네. 우리는 키 순서대로 저울 한편에 올라섰지. 댄디 씨, 롬, 나, 그리고 푹스의 순서로 말이야. 저울 다른 편에는 금빛 항아리며 꽃병, 큰 잔, 작은 잔, 아주 작은 잔 등을 올려놓는데, 마치 주방 용품 상점을 차려 놓은 것 같더군. 거기에다가 목걸이며 상패며 장식품 같은 것도 뿌려 놓는 거야. 저울 바늘이 평형을 이루자 요트 클럽 회장이 축사를 하였다네. 그가 무슨 말을 했는지 지금은 기억나지 않지만 아주 온화했지. 내용도 훌륭했어. "피를 흘리지 않고 얻는 승리가… 승리 중에서도 가장 훌륭한 승리이며… 젊은이들에게 귀감이 될 것입니다…"

나는 깊은 감동을 받은 나머지 눈물까지 흘릴 뻔했다네.

그런데 회장이 축사를 끝내기도 전에 볼드윈 씨가 자리에서 일어나더니 이렇게 말하는 거야.

"존경하는 회장 각하께서는 아시는지 모르겠습니다. 오늘의 수상자인 브룬겔 선장이 우리 클럽의 불문율을 어기고 항해할 때 입는 제복을 입은 채 말을 타고 재간을 부린 사실을 요?" 그는 이렇게 질문을 던진 뒤 내가 말을 타고 있는 모습이 찍힌 사진이 실린 노르웨이 신문을 사람들이 돌려 보게 했다네.

앞에서도 말했지만, 그 사진은 사실 뱃사람으로서는 어울리지 않는 모습이었지. 홀에서 불평하는 소리가 끓어올랐지만 나는 놀라지

불문율

불문법과 같은 말로 문서의 형식을 갖추지 않은 법. 관습법이나 판례법 등을 말한다. 영국에서는 우리나라 헌법과 같은 성문법이 아니라 불문법이 법의 중심이 되고 있음을 암시하는 내용이다.

않았네. 어쨌든 나는 경기에 이겼고, 흔히 말하는 것처럼, 승자는 심판할 수 없는 것이 아니겠나. 패자는 말이 없는 것이지. 회장도 그런 의미

로 대답을 했다네. 소동은 잦아들었지. 나는 모든 것이 다 순조롭게 되어 갈 것이라 생각했지만 그렇지 않았다네. 순조롭지 않았던 거야…. 볼드윈이라는 사람이 다시 발언을 했다네.

"회장 각하께선 알고 계십니까?" 그가 계속해서 말을 하더군. "이 브룬겔 씨라는 사람은 위대한 국왕 폐하의 국민이 맡아야 할 청어 운반 사업을 중간에서 가로챘습니다. 또한 브룬겔 씨가 개발한 고기 운반 방법은 위대한 국왕 폐하의 국민인 우리나라 선박업자들에게 막대한 손해를 끼치게 될 겁니다."

그가 쓴 이 최후 수단은 사진보다 더 강한 영향을 미쳤다네. 전통과 예법을 따르는 일은, 물론, 영국에선 아주 존중하고 있었지만, 거기에서는 상업상의 이익을 비할 수 없이 높게 두고 있었지. 그러므로 홀 안에서 소동이 커진 것은 전혀 놀랄 일이 아니었다네. 이미 저마다 떠드는 소리며 야유하는 소리가 뒤섞여 버렸던 거야. 하지만 볼드윈 씨는 그래도 진정할 수가 없었어. 그가 목소리를 더 높이더니 계속해서 이렇게 말하는 거야.

"회장 각하께선 알고 계십니까? 조금 전에 얘기한 바와 같이 영국의 선주들에게 막대한 손해를 끼치게 될 이 청어들이 향사인 아치발드 댄디 씨의 보호를 받아, 더구나 그 사람이 직접 도움을 주었기 때문에 위대한 폐하의 해군 기지에서 보호를 받고 있습니다. 마지막으로, 향사인 이 댄디 씨는 영국 사람의 의무와 명예를 망각하고 죄악과 범죄의 길로 들어섰으며, 하느님과 국왕 폐하를 배신했으며, 최근에는 러시아의 간첩이 되었던 것입니다…."

정말 폭탄이 한 방 터진 것 같았다네. 홀 안은 공황 상태였다네. 휘파람을 부는 사람이 있는가 하면, 박수를 치는 사람도 있었네. 그러다가 모두가 자리에서 뛰쳐 일어나더니 두 패로 갈라서는 거야. 그런 다음 이 두 패가 아주 무서운 모습으로 서로에게 다가가더군. 그러자 댄디 씨도 더 이상 참지를 못하였지. 저울에서 뛰어내리더니 커다랗게 고함을 지르며 볼드윈 씨에게 달려들었던 거야. 패싸움이 시작된 거였지.

상금만 아니었다면 우리도 참지 못하고 끼어들었을 거야. 상금이 우리를 구했던 것이지. 우리가 어떻게 해서 얻은 건데 그걸 놓치겠냐 말이야!

댄디 씨가 저울에서 뛰어내리자마자 우리 쪽 저울이 들보 바로 아래까지 쑤욱 올라가더군. 그래서 우리는 특별석이라도 되는 것처럼 들보에서 싸움 구경을 했다네.

자네에게 하는 말이지만, 이 싸움 구경은 정말 볼만했다네. 사방에서 먼지가 마구 피어오르는가 하면, 영국 사람들의 단단한 이마가 부

선주
배 주인

공황
근거 없는 두려움이나 공포로 갑자기 생기는 심리적 불안 상태

덮치는 소리며, 오래된 영국제 가구들이 부서지는 소리며….

신사들이 패를 갈라서 손에 잡히는 대로 아무거나 들고 상대방을 때리고, 홀 안에는 부러진 이빨이며 소맷동이며 옷깃이 널브러져 있더군. 전사들이 하나씩 쓰러졌다네. 무서운 광경이었어!

하지만 얼마 안 있어 전사들 숫자가 점점 줄어들더니 전투가 잠잠해지더군. 우리는 산더미처럼 쓰러져 있는 사람들 사이를 빠져나와 입구로 갔다네.

그 순간 볼드윈 씨가 몸을 꿈틀하더니 숨을 헐떡이며 말하는 거야.

"그런데 알고 계십니까?" 그 사람은 분에 못 이겨서 목이 쉰 소리를 내더군.

그러자 회장이 정신을 차리더니 팔꿈치로 받치고 몸을 일으켜 종을 치기 시작하더군.

"아뇨, 모릅니다. 아무것도 몰라요!" 공손하게 이런 말을 하고는 죽은 듯이 쓰러지더군.

주위는 다시 조용해졌어. 우리는 밖으로 나와 크게 한 번 호흡을 하고는 주변을 돌아본 뒤 〈베다〉호로 달려갔다네.

닻을 끌어 올리고 돛을 펴서 전속력으로 포츠머스로 달려갔지. 우리 청어 떼를 구하러 말일세.

다행히도 기지에서는 방금 전에 일어난 사건에 대한 소식을 아직 알지 못하고 있었다네. 우리에게 문을 열어 주고 청어를 놓아 주었지. 즐거운 항해를 하라며 인사까지 하더군. 그래서 우리는 서둘지 않고 출발했다네. 한 시간이 지나자 수평선에 화이트 섬이 보이더군. 거기를 지나자 우리는 청어 떼를 바짝바짝 더 밀착시켜 몰았다네. 그리고 갑판 오른쪽에 서서는 영국의 얕은 해변들이 안개 속에서 사라져 가는 모습을 오랫동안 지켜보았다네.

조금 전 겪은 흥분 때문에 나는 아직 마음이 가라앉질 않았지. 롬은 슬픈 모습으로 서 있었다네. 아까 바닷가에 있을 때부터 왠지 한숨만 쉬더라고. 푹스만 기분이 좋았지.

푹스는 저울에서 간신히 챙겨 온 황금 닻줄을 이리저리 살펴보며 순도가 얼마짜리인지 확인을 하는 거야.

그런데 얼마 안 있어서 푹스도 낙담을 하더군.

"참 한심도 하지. 이런 것 때문에 촛대를 들고 싸움질을 하다니." 푹스가 뜻밖에도 이렇게 말을 하고는 배 밖으로 침을 한 번 뱉은 뒤 내게 닻줄을 내미는 거야.

그것을 살펴보고 나서야 나는 그가 불만을 터트린 이유를 알게 되었다네. 보니까 닻줄 맨 끝 고리에 아주 또렷하게 이런 글자가 새겨져 있는 거야. 〈인조 보석 공장 '연금술사' 메이드 인 잉글랜드〉라고 말이야.

"어찌 되었건 잘 만든 물건일세. 상표도 확실하고." 나는 이렇게 말하고 푹스에게 다시 닻줄을 돌려줬다네.

바로 그 순간 돛이 내 등짝을 휙 하고 때렸어. 나는 중심을 잡기도 전에 배 밖으로 튕겨 나갔다네.

바닷물을 보자 정신이 아찔했던 나는 정신없이 두 팔을 허우적거렸어. 그러다 문득 뭔가 단단한 것이 손에 잡히더군. 눈을 떠서 보니까 다리였던 거야. 그 앞으로는 롬의 머리가 있었는데, 롬도 다리 하나를 잡고 있었지. 그 앞에는 푹스가 있었고 말이야. 한편 푹스는 닻줄을 잡고 있었는데 이 닻줄은 〈베다〉호 뱃전에 걸려 있었어. 닻이 거기 걸려 있었던 것이지.

어떤 상황이었는지 이해하겠나! 요트는 전속력으로 달리고 있는데 우리 세 사람은 배 밖으로 튕겨 나갔던 거라네! 딴 생각들을 하며 타륜을 놓고 있는 사이에 돛에 바람이 불어 선원을 모두 내동댕이쳤던 거야.

그래도 이 닻줄이 있어서 천만다행이었다네. 비록 가짜였지만 그게 없었다면 요트는 청어 떼를 거느리고 저 혼자 멀리 가고 말았을 것이네.

나는 즉시 상황을 파악하고는 최대한 큰 소리로 명령했다네.

"꽉 잡아, 더 세게!"

"꽉 잡는다, 실시!" 롬이 대답하더군.

"꽉 잡는다, 실시!" 푹스도 대답했지.

나는 서둘지 않고 처음엔 롬을 타고 기어간 다음, 다시 푹스, 그 다음엔 닻줄을 잡고 〈베다〉호에 올라탔다네. 다음은 롬도 같은 식으로 올라왔고, 마지막으로 푹스도 그렇게 올라왔지….

갑판에서 나는 다시 닻줄을 살펴보았다네. 정말 놀랄 정도였다네! 글쎄 고리들이 어느 하나도 풀어지지 않았던 거야. 정말 튼튼하게 만들었더군!

"이것을 잘 간수하게나, 푹스." 하고 내가 말했지.

그러고 나서 선원들과 위로의 술을 한 잔 마시고 당직을 서게 한 뒤 나도 배 위에 서서 수평선을 보며 요 근래 일어난 슬픈 사건들을 회상했다네.

"잘 있거라, 아름다운 영국, 나이 많은 영국이여!" 이렇게 말한 뒤 나는 속으로 이렇게 생각했다네. '그래 이게 바로 문화라는 거야!'

좀 더 서 있다가 파이프 담배를 한 대 피운 뒤 나는 잠자리에 들었다네.

아침이 되어 해가 뜨자마자 롬이 당번 설 차례라며 나를 깨우고는 〈베다〉호가 대서양에 들어섰다고 보고하더군.

 **대서양**

유럽·아프리카 대륙과 남·북아메리카 대륙을 가르는 대양

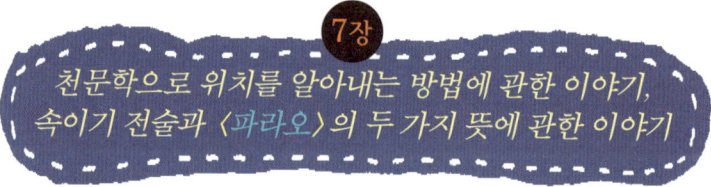

7장

천문학으로 위치를 알아내는 방법에 관한 이야기,
속이기 전술과 〈파라오〉의 두 가지 뜻에 관한 이야기

대서양에서 우리는 별거 아닌 한 가지 사건을 겪었다네. 솔직히 얘기할 가치도 없는 사건이지만 진실을 위해 얘기해 주겠네.

 **파라오**

큰 집이라는 뜻으로, 고대 이집트의 왕을 이르던 말. 뒤에서도 밝혀지지만 이 글에서는 '이집트 순경'이라는 의미도 있다.

바닷가에서 멀리 떨어진 공해에서 뱃사람들이 길을 찾는 방법이 천체나 크로노미터라는 걸 자네도 물론 알고 있을 것일세. 천체란 태양, 달, 위성, 붙박이별들이지. 이들은 말하자면 자연이 우리에게 선사해 준 것이라네.

하지만 크로노미터는 전혀 달라. 크로노미터는 인류가 수백 년 걸려서 만든 노력의 결실이지. 그리고 그 이름이 말해 주듯이 그것은 시간을 재는 데 사용한다네.

시간을 잰다는 건 어려운 일이지. 유럽 같은 데서는, 가령 영국에서도 지금까지 학술 논쟁이 치열하다네. 시간이라는 게 있는가, 아니면 시간은 전혀 없는 것이고, 있는 것처럼 보이기만 하는 것인가. 만일 없다면 잴 것도 없고, 잴 이유도 없지 않은가 하는 식이지. 하지만 내 생각으로는 이건 뻔한 문제라고 보네. 그런 논쟁을 할 만큼 많은 시간을 쏟았다면, 그건 시간이 있다는 의미지, 그것도 충분히 말이야. 하지만 시간을 잰다는 건, 나도 인정하지만, 정말 어려운 문제라네.

과거에는 그런 목적으로 모래시계를 사용하곤 하였지. 그에 뒤이어 괘종시계니 자명종이니, 몸시계니 하는 것들이 나왔어.

지금은 자명종으로 항해를 하지 않는다네.

공해

어느 나라의 주권에도 속하지 않으며, 모든 나라가 공통으로 사용할 수 있는 바다

크로노미터

국제적으로 공인된 기관의 검사에 합격한 고정밀 시계에 주어지는 명칭이다. 여기서 '크로노'는 시간을 의미하며, '미터'는 측정 단위를 나타낸다. 따라서 크로노미터는 시간을 재는 기계란 뜻이다.

위성

행성의 인력에 의하여 그 둘레를 도는 천체. 지구에는 달이 하나 있으며, 화성에는 2개, 목성에는 16개, 토성에는 21개, 천왕성에는 5개, 해왕성에는 2개가 있어 태양계에는 2006년 현재 모두 47개의 위성이 알려져 있다.

붙박이별

항성이라고도 한다. 천구 위에서 서로의 상대 위치를 바꾸지 아니하고 별자리를 구성하는 별. 북극성, 북두칠성, 삼태성, 견우성, 직녀성 따위가 있다.

몸시계

회중시계라고도 한다. 몸에 지닐 수 있게 만든 작은 시계

그게 정확하지 않다고 생각하기 때문이야. 하지만 내 생각으로는 최악의 경우엔 자명종도 괜찮다고 본다네.

나와 이름이 같은 콜럼버스는 시계가 전혀 없는데도 항해를 하고 아메리카 대륙을 발견하지 않았는가 말이야.

물론 배에서 괘종시계를 쓴다는 건 여간 불편한 일이 아니라네. 시계추에 고리 줄도 걸어놔야 하고, 벽돌을 붙여서 안 움직이게도 해야 하고, 받침대도 있어야 하고…. 그런데 폭풍이라도 불어 보게나. 그러면 그것들이 제대로 붙어 있겠나? 그렇다면 자명종이라고 해서 못 쓸 이유가 어디 있겠나?

하지만 자명종으로는 항해를 하지 않는다고 해 버린 이상 어쩔 도리가 없었지. 그래서 나는 항해를 준비할 때 특별히 고안한 아름다운 수동식 크로노미터를 만들었다네.

만들어서 선실에 놓았지. 그때까지는 그것을 쓸 필요가 없었거든. 계속 해안 근처로만 갔으니까. 그렇지만 하여간에 어느 위치에 있는지는 측정을 해야 했다네. 그래서 선실로 내려가 내가 만든 크로노미터를 집어 들어 보고는 상태가 변한 걸 알아낸 거야. 내가 말했듯이 이건 수동식이었는데, 자기를 돌보지도 않고 관심도 쏟지 않았다고 완전히 제멋대로 되어 버린 거라네. 해가 뜨고 있는데 정오를 가리키는가 하면, 태양이 하늘 한가운데 떠 있는데 여섯 시를 가리키고 있는 거야. 그래서 두드려도 보고, 흔들어도 보고, 돌려도 보았지. 아무 소용이 없더군.

기분 나쁜 상황이 벌어진 거야. 우리가 가긴 가는데 어디로 가는지를 몰랐던 것이지. 이렇게 가다가는 길을 잃고 마는 것도 시간문제였던 거야.

하지만 그때 거기서 빠져나올 방책이 저절로 생겨났다네. 내가 전혀 기대하지 않은 곳에서 생겨난 거야.

우리가 영국에 갔을 때 먹을거리는 충분히 챙겨놓았어. 마른 음식이며 통조림, 산 닭 같은 것들을 실어 놓았던 거지. 그리고 그리니치산 닭을 넣은 닭장이 있었다네.

그랬지. 물론 우리는 항해를 하면서 그 닭들을 잡아먹었고 그 당시에는 닭장에 어린 수탉 두 마리만 남아 있었다네. 검은 놈과 흰 놈이었어.

그때 나는 육분의를 양손에 들고 천문학적 관찰 방법을 깊이 생각하고 있었지. 그런데 갑자기 그 두 마리 닭이 "꼬끼오!" 하고 합창을 하더군.

그 순간 나는 간파를 했던 거야. 그 다음부터는 어렵지 않게 추리를 해낼 수 있던 거지. 그

 그리니치

영국의 런던 남동부 템스 강 오른쪽 언덕에 있는 도시. 그리니치 천문대가 있던 곳으로, 이곳의 시간이 세계 모든 시간의 표준이 된다. 우리나라는 이곳과 9시간의 차이가 있다.

 **육분의**

두 점 사이의 각도를 정밀하게 재는 광학 기계. 태양, 달, 별 따위를 수평선상의 각도를 재어 관측 지점의 위도·경도를 간단하게 구하는 데에 쓴다.

리니치산 닭이 울기 시작한다면 그건 그리니치 시간이 동틀 녘, 그러니까 해가 뜨는 시간이라는 의미이지. 이렇게 되면 정확한 시간을 얻는 것이 아니겠나. 시간을 알고 있다면 우리가 어느 위치에 있는지 알아내는 것은 어렵지 않지. 바로 그렇다네.

하지만 나는 다시 시험을 해 보았어. 저녁에 또 한 번 육분의를 들고 나가보았지. 그리니치 시간으로 정확히 밤 열두 시가 되니까 우리 닭들이 다시 "꼬끼오!" 하고 이중창을 부르는 거야.

이런 식으로 닭을 데리고 계속 항해를 할 수도 있었지만 그때 나는 또 하나의 방법을 발견해 냈다네.

기가 막힌 방법이었어! 틈이 나면 이것을 가지고 박사 논문을 써서 학문을 발전시키려는 생각도 하고 있다네.

내가 생각한 방법은 간단하게 말해서 이런 거라네. 자, 이제 자네가 시계를 가지고 있다고 해 보세. 벽시계든, 탑시계든. 장난감 시계도 괜찮아. 마찬가지니까. 단 시곗바늘과 숫자판은 있어야 하네. 시곗바늘이 꼭 움직여야 하는 것은 아니야. 아니지, 오히려 움직이지 않고 반드시 멈추어 있어야 하네. 움직이지 않게 고정을 시켜 놓아야 해. 내 크로노미터처럼 시계가 정각 열두 시를 가리키게 하는 거지. 그럼 다 된 거라네! 생각해 보게나. 하루에 이 크로노미터를 사용하는 횟수가 얼마나 되겠나? 그렇게 본다면 그건 아무 쓸모도 없는 거야. 사치품이라 할 수 있지. 그 대신 하루에 두 번, 정오와 자정만 되면 이 크로노미터는 아주 정확히 시간을 맞추게 되는 것이지. 여기서 주의할 건 시계 보는 시기를 놓쳐서는 안 된다는 것일세. 그건 보는 사람의 능력에 달려 있겠지.

자, 이렇게 해서 나는 가지고 있던 크로노미터를 다시 길들여 놓았다네. 맞춤한 시기에 그랬던 것이지.

먹을거리는 아주 바닥이 난데다가 통조림은 질려 버린 탓에, 우리는 배의 위치가 아니라 두 마리 닭을 요리할지 말지 결정해야 했던 거야.

그러자 새로운 고민거리가 생겼어. 어느 것을 먼저 잡아야 하는가 하는 문제였지. 이미 정이 들 대로 든 닭이었으니 말이야. 검은 놈을 잡자니 흰 닭이 심심해질 거고, 흰 놈을 잡자니 검은 닭이 심심해질 거고….

나는 이 문제를 풀려고 심사숙고를 했다네. 심각하게 고민을 했지. 하지만 마땅한 결론이 나오지 않는 거야. 그래서 '그래, 좋았어. 둘이서 생각하면 더 나은 생각이 나올 테지.' 하고 생각을 했다네. 우리는 나와 푹스로 심사위원단을 만들었지.

심사위원단은 이 문제를 다시 전면적으로 검토했다네. 하지만 역시나 아무런 결론이 나지 않았어. 건설적인 해결책을 발견할 수 없었던 것이지. 그래서 우리는 심사위원단을 확대하기로 하였다네. 룸을 심사위원으로 공동 추천했지. 정식 회의가 개시되었다네. 내가 상황을 보고하고, 심사위원 전체에게 이 문제가 일어난 과정을 설명하고, 말하자면 문제의 당사자들을 들어 올렸다네…. 우리가 그렇게 한 건 헛되지 않았어. 뜻밖에도 롬이 이 문제에 대해 진지한 의견과 재치를 보여주었던 것이네. 그 덕택에, 흔히 말하는 것처럼, 모든 것이 금방 제자리를 찾게 되었던 거야.

그는 일 분도 생각을 하지 않았어. 주저하지도 않고 곧바로 이렇게 말하더군.

"검은 닭을 잡지요."

"그렇게 되면," 우리는 말했어. "흰 닭이 심심해지지 않겠나!"

"그러거나 말거나죠 뭐. 심심해하라고 하세요!" 롬이 반박을 하더군. "그게 우리와 무슨 상관인데요?"

우리는 그의 의견에 찬성할 수밖에 없었다네. 우리는 그대로 실행하였어. 그리고 솔직히 말한다면 롬의 생각은 틀리지 않았지. 검은 닭은 맛이 훌륭하더군. 살도 많고, 고기도 부드럽고 말이야. 우리는 손가락을 쪽쪽 빨면서 고기를 먹었다네. 덧붙여 말하면 나중에 먹은 흰 닭도 그보다 못하지 않았다네.

이렇게 해서 우리는 별 탈 없이 항해를 계속하면서 느긋하게 브르타뉴 반도를 감돌아들어 비스케이 만으로 진입을 했다네.

비스케이 만은 알다시피 폭풍으로 유명했었지. 그리고 그건 괜한 말이 아니었네.

숨김없이 얘기한다면, 그곳을 지날 때 약간 낭패스러운 일을 겪은 적도 있었지만 이번에는 운이 좋았어. 우리는 미끄러지듯이 그곳을 통과했지. 그리고 지브롤터 해협에 들어설 때까지는 아무 문제가 없었다네. 그런데 지브롤터 해협에서 우리는 뜻밖의 사건에 부딪치고 말았던 거야. 느긋하게 항해를 하며 청어 떼를 몰고 가면서 우리는 오르기 힘든 산들의 경치를 감상하고 있었다네. 그런데 영국 요새에서 우리에게 묻더군.

"What ship?" 무슨 배입니까? 라는 뜻이지.

그래서 내가 대답했지.

"요트 〈베다〉호의 브룬겔 선장이요."

우리는 계속 앞으로 나아가다가 지중해의 문턱에 다다랐어. 그런데 뭔가가 휘-잉 휘파람 소리를 내더니 쾅- 소리가 나는 거야. 보니까 돛에 오십 센티미터의 구멍이 뚫리고 사방에서 대포가 터지더군. 물기둥이 굉음을 내며 하늘로 치솟데. 오른쪽을 보니 우리 앞을 가로질러서

브르타뉴 반도

프랑스의 서쪽 끝, 비스케이 만과 영국 해협 사이에 솟아나온 삼각형의 반도. 기후는 습윤하고 목장과 농지가 많다.

비스케이 만

프랑스 브르타뉴 반도와 에스파냐 오르테가르 곶 사이에 있는 큰 만. 조수 간만의 차이가 크며 조개를 양식한다.

지브롤터 해협

이베리아 반도 남쪽 끝과 아프리카 대륙 북서쪽 끝과의 사이에 있는 해협. 지중해와 대서양을 잇는 군사 요충지이다.

한 무리의 배들이 질주해 오는 거야.

그걸 보고 나는 금방 알아챘다네. 이건 어느 나라 사람인지 알 수 없는 해적들이었던 거야.

자네는 지금 웃고 있군. 이보게, 함부로 그러지 말게나. 자네는 해적이 옛날이야기 책에만 남아 있다고 생각하는가? 그건 잘못된 생각이라네. 해적은 지금도 세상에 많다네. 그 옛날 이천 년 전쯤만 해도 해적들이 일을 할 때는 해적 깃발을 배에 매달고 다녔지. 하지만 요즘은 해적 깃발을 상자에 숨겨 두고 몽땅 털어가는 것이 해적들의 방법이라네. 신문을 읽어 보게나. 비행기도 납치하고, 배도 납치하고, 사람들을 인질로 잡아 보상금도 요구한다네. 하지만 그 당시엔 아직 비행기는 손대지 못했어. 이곳저곳 돌아다니며 말썽도 부리고, 여기저기서 제멋대로 굴었지.

내가 보니까 한마디로 위급한 상황이었던 거야. 싸움은 할 수 없었네. 그런데 해군 전술에는 자기보다 훨씬 강한 상대를 만났을 때 삼십육계 줄행랑을 치라는 얘기가 있거든.

그렇지만 어디로 도망간단 말인가? 바람은 약하고, 돛에는 구멍이 뚫려서 제힘을 못 쓰고 있으니….

빠져나갈 방법은 단 하나, 속이기 전술을 쓰는 것이었네.

"자네들, 담배를 피우시게!" 내가 씩씩한 목소리로 소리를 지르고 담배쌈지를 꺼냈네.

우리 배의 선원들은 담배를 피우지 않았어. 하지만 이런 긴장된 전투 상황에서는 내 말에 따르지 않을 수 없었던 거야. 롬과 푹스가 담배를 둥그렇게 말아서 연기를 내뿜기 시작하더군.

나도 똑같이 행동을 개시했다네. 그렇게 삼 분이 채 안 돼서 연기가 구름처럼 피어올라 해적들에게서 우리를 숨겨 주었던 거야.

얼마나 교묘한 계책이었나! 하지만 아직 이게 전부는 아니었다네.

그건 시작이었을 뿐이었어.

숨는 건 성공이었지만 그 연기 구름이 바람에 날려 흩어지는 건 시간문제였지. 그러면 어쩐다지? 나는 잠시 생각을 하다가 결단을 내렸다네.

"돛을 치워 버리고 선원은 모두 선실로 들어가라!" 내가 명령했지.

롬과 푹스는 선실로 기어들어가 모든 문들을 서둘러 꽁꽁 잠가 버리고 틈새를 틀어막았다네. 나는 짐을 한 보따리 무겁게 꾸려서 용두밀로 돛대에 끌어 올렸지. 무게 중심이 위로 가니까 보따리가 흔들흔들하더니 배가 안정을 잃고 왼쪽으로 쓰러진 거야. 그러자 〈베다〉호는 뒤집혀서 바닥이 위로 올라갔다네. 나는 물론 물속에 있다가 즉시 고물 쪽에 자리를 잡고 기다렸다네.

⚓ **용두밀**

돛을 올렸다 내렸다 하는 데 쓰는 도르래

연기 구름이 걷히고 해적 무리 전체 모습이 이백 미터 거리에 나타나더군.

이제 결정적인 순간이 다가오고 있었어. '성공이거나 실패거나 둘 중에 하나겠지 뭐.' 하고 나는 생각했지. 용골에서 담배 파이프를 밖으로 내놓고 한쪽 눈으로 그 모습을 지켜보았다네. 그랬더니 대장이 탄배에서 우리를 발견하고는 모든 사람이 다 보도록 신호를 보내더군.

〈우리 대포가 명중하여 적이 침몰하였음. 모든 배들은 원위치로 돌아갈 것. 우리 함대의 작전 지역에서 최신형 잠수함 부대를 발견했기 때문. 해적 대장.〉

해적선들은 신호를 보자마자 매를 본 병아리가 도망가듯이 허둥지둥 달아나더군. 그럴 만도 했어. 〈베다〉호는 그렇게 위험한 상황에서도 위풍당당한 모습을 잃지 않았던 거야.

그런 다음 나는 잠수를 해서 돛대에서 보따리를 풀었다네. 요트는 다시 뒤집혀 원래 모습으로 돌아갔어. 롬과 푹스가 기어 나와서 묻더군.

"어찌 된 일입니까?"

"자," 내가 말했지. "자네들이 직접 보게나."

하지만 사실 볼 거는 이미 없었다네. 수평선엔 연기만 남아 있었지. 나는 쌍안경을 들고 해적들이 도망가는 뒷모습을 바라보았어. 그런 뒤 옷을 갈아입으러 갔다네.

돛을 고치고, 배를 정비하고, 청소를 하고, 청어 떼를 살펴보았지. 청어 떼를 살펴본 건 마침 알맞은 때에 잘한 일이었다네. 대포알이 날아다니고 소동이 있는 동안 몇 마리 청어들이 야살을 깠던 거야. 무리에서 빠져나가 알 수 없는 곳으로 달아났던 거지. 그런가 하면 우리가 어쩔 수 없이 방심하는 틈을 타서 여러 종류의 물고기들이 청어 떼에 어찌나 많이 끼어들었던지 처음엔 나도 낙담을 하고 말았다네. 고등어며 정어리며, 망둥이며, 멸치며, 잠깐 사이에 정말 창피한

야살을 까다

얄망궂고 되바라지게 말하거나 행동하다. '얄망궂다' – 성질이나 태도가 괴상하고 까다로워 얄미운 데가 있다. '되바라지다' – 남을 너그럽게 감싸 주지 아니하고 적대적으로 대하다.

일이 벌어졌던 거야. 만약에 말이야, 내가 일급 품종의 네덜란드 청어 화물을 받아서 뒤죽박죽 섞여 품종도 알기 힘든 삼급 청어를 건네주었다고 해 보세나. 그럼 다음부터 누가 나에게 화물 수송을 맡기겠나! 그렇지 않겠냐는 말이야. 그래서 나는 한두 시간 작대기와 손으로 작업을 해서 단숨에 해치워 버렸다네. 곁다리 물고기들은 죄다 쫓아 버리고 내가 맡은 청어 떼를 정비했어. 그리고 〈베다〉호를 몰고 곧장 이집트의 알렉산드리아 항구로 출발했던 것일세. 그랬지.

우리는 다시 길을 떠났던 거야. 이번에는 사고도 없어서 꼬박 이틀이 지나자 무사히 알렉산드리아 항구에 도착하여 닻을 내리고 화물 주인을 불렀다네. 그 동안 우리는 갑판 위에서 쉬고 있었어. 이곳저곳 눈

길을 돌리며 경치에 대해 생각을 나누고 있었지.

그런데 자네에게 하는 말이지만, 그 당시에는 생각을 나눌 만한 것이 하나도 없었다네.

먼 옛날 이집트는 유명했었지. 알렉산드리아도 온 세계에 알려져 있었다네. 하지만 우리가 그곳에 들렀을 땐 이 항구 도시는 호기심 많은 여행객들에게 아무런 흥밋거리를 주지 못했어. 〈이집트는 파라오의 나라 등등〉의 얘기만 있었다네. 어디를 가 보아도 볼 것이 없더군. 그냥 항구였지. 상업이 활발하고, 면화를 배에 싣는 모습도 보이고, 해안가 깊이는 이십육 피트였다네. 그런데 당시 그곳 국기는 이집트 국기였지만 제도는 영국식이었다네. 배도 영국 배에 경찰도 영국식이었네. 단지 영국과 차이가 있다면 이곳 거지는 연미복을 입고 다니지 않는다는 것이었지. 연미복 같은 게 어디 있겠나! 일꾼이며 농부, 어부, 관리들도 맨발로 다니거나, 아니면, 이런 얘기를 해서 미안하네만, 사람들이 거의 바지도 입지 않고 다녔다네!

마침내 화물 주인이 나타나더군. 화물 서류의 내용을 확인하고 항구 한 곳에 우리 자리를 정해 주어 화물을 인수하기 시작하였지. 우리는 계산을 하면서 청어를 건네준 뒤 총계를 내었다네. 그랬더니 내 가슴이 쿵 하고 내려앉더군. 믿을 수 없게도 청어 떼의 절반이 도중에 사라졌던 거야.

우연히 길을 잃기도 하고, 뒤에 처지기도 하고, 아니면 일부러 탈주를 한 놈도 있었을 거야. 하지만 그런 얘기를 내가 어찌 할 수 있겠나. 청어 절반이 없어졌다는 건 엄연한 사실 아닌가! 아아, 내가 보니까 상황은 심각했어.

물론 예측 못한 상황이 있었다고 변명도 하고, 따질 수도 있었지만 그래 봤자 설득력은 없었지. 한마디로 말해 나는 너무나 슬퍼서 절망을 하고 있었어. 그런데 문득 생각이 떠올랐던 거야.

"그런데 말입니다." 내가 말했지. "다른 곳에서도 그렇게 하는 데가 있습니다만, 청어 같은 화물은 한 마리씩 무게를 달아서 건네준답니다! 먼저 저울에 무게를 달아 보시고 그런 다음에 손해 배상을 청구하시는 것이 좋을 것 같군요."

그 사람도 바보는 아니었는지 화물을 저울에 달아 보았다네. 그런데 믿을 수 없는 일이 일어났다네. 무게가 아주 많이 늘어났던 거야. 자네는 아마 이런 얘기를 듣고 놀랄지도 모르겠네. 하지만 곰곰이 생각해 보면 놀랄 게 하나도 없는 일이야. 나는 이미 그렇게 될 줄 알았거든. 그런 현상이 일어난 이유를 자네에게 쉽게 설명을 해 주지. 잠시 마음을 가라앉히고 상황을 헤아려 본다면 그렇게 되지 않을 수 없다는 걸 알게 될 걸세. 편안한 여행에다가 풍부한 먹이, 기후 변화, 거기다가 바다에서 헤엄치기까지… 이 모든 게 고기 몸에 좋은 영향을 준 것이라네. 그러니 청어가 건강도 되찾고, 살도 찌고, 기름기가 붙어났던 거지.

내 시도는 대성공을 거두었던 거야. 계산을 다 마치고 나서 나는 바닷가에서 바람도 쏘이고, 이 지역의 명승지 관람도 할 겸해서 잠시 쉬기로 했다네.

그래서 이 나라 깊숙한 곳, 사막을 향해서 출발을 했어. 사막에는 트롤리 버스가 다니고 있었지만 트롤리 버스를 타고 가는 건 재미가 없었어. 그래서 우리는 이 지역의 교통수단을 이용하기로 했지. 나는 혹이 두 개 달린 낙타를 탔네. 롬은 혹이 한 개 달린 낙타를 타고, 푹스는 당나귀를 탔지. 아주 그림 같은 모습이었네.

우리는 카라반처럼 무리를 이루어 카이로에 도착했다네. 카이로에 가니 완전 딴판이더군! 그 당시 그곳은 정말 이집트였다네. 가는 곳 어디에서나 먼 옛날의 향기가 풍겨 나오고 있었으니까. 정말 그랬다네! 사하라 사막이며, 양치는 아라비아 사람들, 대추야자, 그리고 가장 중

트롤리 버스

위에 설치된 전선으로부터 전력을 공급받아 달리는 버스

카라반

사막이나 초원과 같이 교통이 발달하지 않은 지방에서 낙타나 말에 짐을 싣고 떼를 지어 먼 곳으로 다니며 특산물을 교역하는 상인 집단

카이로

이집트 나일 강 하류 삼각주 남쪽 끝에 있는 도시. 운하 교통 요충지로 고대 이집트 유적이 많이 남아 있다. 이집트의 수도

사하라 사막

아프리카 북부의 대부분, 홍해 연안에서 대서양 해안까지 이르는 세계 최대의 사막. 연 강우량은 20mm 이하이며, 기온과 날씨의 차이가 심하다. 풀·관목이 부분적으로 나 있으며, 오아시스에 대추야자가 있다.

스핑크스

고대 이집트와 아시리아 등지에서 왕궁, 신전, 분묘 따위의 입구에 세운 석상. 이집트에서는 왕의 권력을 상징하였다.

미라

썩지 않고 건조되어 원래 상태에 가까운 모습으로 남아 있는 인간이나 동물의 시체

파라오

앞에서도 말했지만 여기서 푹스는 고대 이집트의 왕이 아니라 경찰을 얘기하고 있다.

요한 건 파라오의 무덤과 스핑크스 같은 아주 먼 옛날의 유적들이었네. 우리는 가장 먼저 피라미드를 구경하기로 했다네. 달라는 대로 돈을 내고 입장권을 산 다음 낙타와 당나귀는 세 다리를 묶어 놓고 들어갔다네.

지하 통로로 들어갔지. 그곳에는 모든 것이 오천 년 동안 손끝 하나 다치지 않고 보관되어 있더군. 근사하게 만들어 놓았지. 깨끗하고 전기 조명도 되어 있고, 통로가 교차하는 곳마다 구두닦이가 있고, 모퉁이마다 아이스크림 가게가 있는 거야…. 전체로 보아서 죽은 사람들도 괜찮게 지내는 것 같더군.

우리는 상형 문자도 보고 금으로 만든 관이며 그 안의 미라도 구경하고 밖으로 나왔다네. 근데 밖에 나와서 보니 푹스가 사라진 거야. 기다리고 또 기다려도 푹스는 오지 않았어. 우리가 수색을 하러 가려고 하는데 마침 푹스가 맞은편에서 턱을 손으로 붙잡고 달려오더군. 내가 잠시 살펴보니 그의 목은 온통 멍투성이었네.

"누가 자네를 이렇게 만들었나, 푹스?" 내가 물었어.

"기념으로 가지고 있으려고 저기서 관 한 조각을 뜯어냈더니 파라오

가 그만 딱 때리는 거예요!" 푹스가 넋두리를 늘어놓더군.

"정신이 돌았군, 푹스!" 내가 말했어. "파라오는 죽었어. 산 게 아니라구."

"물론 죽었죠. 하지만 이 파라오들은 아주 튼튼한데다가 혼자도 아니던데요. 한 중대만큼 되더라니까요."

"어떤 파라오를 말하는 거야, 이집트 파라오?"

"무슨 이집트 파라오예요? 영국 파라오지. 저기 오고 있어요."

그때 나는 경찰들을 발견했어. 푹스 말이 옳다는 걸 깨달았지. 정말로 진짜 파라오였다네. 헬멧을 쓰고 방망이를 든….

 중대

대대보다 작고 소대보다 큰 단위 부대. 대개 4개 소대로 이루어진다. 한 중대는 25 명쯤 된다.

8장

푹스가 마땅한 벌을 받고, 악어 수를 세고,
농업 분야에서 뛰어난 능력을 보여준 이야기

배로 돌아와 나는 푹스를 혼냈어.

"우리에게 다시는 이런 일이 일어나선 안 되네. 무슨 〈기념을 하는〉 것 같은 생각을 한다는 말인가! 알겠나?"

푹스가 반성을 하며 앞으로는 더 주의해서 행동하겠다고 약속을 하더군. 얼굴에 생긴 멍이 풀어지자 우리는 나일 강을 따라 상류로 출발했다네.

우리는 앞으로 계속 나아갔지. 이곳에 대해서는 말할 게 아무것도 없다네. 그래 봤자 아프리카였으니까 말일세. 어디를 둘러봐도 연꽃이나 파피루스밖에 안 보이고, 겁 많은 영양들이 강가를 돌아다니고, 간혹 사자도 보이더군. 물에서는 하마가 투레질을 하고 게으름뱅이 거북이는 햇빛에 일광욕을 하고 있었네. 동물원 같았어.

롬과 푹스는 어린애처럼 정신이 팔려서 좋아라 하며 막대기로 악어를 약 올리더군. 나는 아주 차분하게 마음을 가라앉히고 배를 몰았지. 갈지자로 나아가면서 강가에 있는 자그마한 마을들을 바라보았다네.

이보게나, 내가 이 나일 강 항로를 선택한 것은 한가한 호기심 때문이 아니었다네. 나의 애초 원정 계획은, 대서양으로 갔다가 파나마를 들러서 태평양으로 가자!…는 것이었어.

하지만 청어 때문에 이 계획이 어긋나 버려서 조금 딴 길로 새게 됐던 것이지. 그런 까닭에 우리 앞에는 인도양이라는 힘든 바닷길을 지나야 하는 숙제가 놓여 있었던 거야.

 나일 강

아프리카 동북부를 흐르는 강. 세계에서 제일 긴 강이다. 적도 부근에서 시작하여 북쪽으로 흘러, 빅토리아 호수를 거쳐 지중해로 들어간다.

 파피루스

사초과의 여러해살이풀. 높이는 2미터 정도이며, 잎은 퇴화하여 비늘처럼 되고 줄기 끝의 홀씨잎 사이에 작은 꽃이삭이 달린다. 뿌리와 줄기는 식용하며 관상용으로 재배한다. 8~9세기에 종이 만드는데 이용되었고 나일 강, 팔레스타인, 이집트 등지에 분포한다.

 파나마

중앙아메리카 파나마 운하 남쪽 입구, 태평양 연안의 항구 도시

 인도양

다섯 개의 대양 가운데 하나. 아시아, 오스트레일리아, 아프리카 대륙과 남극 대륙에 둘러싸여 있다.

그런데 대양에는 가게도 없고 노점도 없다는 건 자네도 알고 있을 거야. 대양을 건너다보면 먹을거리가 동이 나서 입에 겨우겨우 풀칠을 할 수밖에 없다네…. 그래서 선견지명도 있고 절약하는 성격이었던 나는 이 어려운 항로에 들어서기 전에 탐험에 쓸 물건들을 더 싸고 더 좋은 것으로 마련하기로 결심하였던 것이네. 그랬지.

이윽고 크지 않은 마을 하나가 보이더군. 사람들은 청결해 보였고 친절하였다네. 강가로 배를 몰아 선착장에 대 놓고 선원들 전부 함께 시장으로 갔지.

그곳 주민들은 우리를 아주 따뜻하게 반겨 주더군. 시장에서 파는 물건 값도 그다지 비싸지 않아서 우리는 최고로 훌륭하게 먹을거리를 장만했다네. 소금에 절인 코끼리 코, 타조 알, 대추야자 열매, 사고, 계피, 향신료, 양념 등을 샀지. 이것들을 모두 요트에 실은 뒤 나는 출발을 알리는 깃발을 올리고 길을 떠나려 하였네. 그런데 푹스가 또 없어졌다고 롬이 보고를 하는 거야. 기다려도 푹스는 오지 않았어.

푹스를 버려두고 떠나고 싶은 마음도 있었지만 잠시 생각해 보니까 그가 불쌍한 거야. 괜찮은 친구였으니까 말이야! 사기꾼 같은 점이 있

 사고

야자나무 속에서 나오는 쌀알 모양의 흰 녹말. 먹거나 풀의 원료로 쓴다.

 향신료

식물의 열매, 씨앗, 꽃, 뿌리 등을 이용해 음식 맛과 향을 북돋거나, 색깔을 내어 식욕을 증진시키고 소화를 촉진시키고 육류의 누린내와 생선의 비린내를 없애는 기능을 하는 것을 말한다.

는 건 사실이지만 그 대신 부지런하고 착한 사람이었지. 이곳 이집트 사람들은 남의 말을 쉽게 믿고, 또 어디를 가나 유혹하는 게 많은데다가 누가 젊은 사람을 쫓아갈 수 있겠나. 그러다 보면 딴 길로 빠져서 실종되어 버리고 결국은 노예 신세로 끝나게 되지…. 그래서 나는 그를 구출하러 갔다네. 가다 보니까 갑자기 마을 한쪽 구석에 사람들이 몰려 있는 모습이 보이는데, 거기서 웃음소리와 울음소리가 들려오는 거야. 나는 흥미가 생겨서 롬에게 소리를 질러 발걸음을 빨리하라고 이르고는 다가갔다네. 가서 보니 우리 푹스가 딱한 처지에 있었던 거야. 몸을 웅크리고 머리는 모래에 박고서 엉덩이에는 모자를 씌워놓았더군. 그 앞에는 타조가 있었어. 물렁한 데를 쥐어뜯는가 하면 축구공처럼 발로 차 대는 거야. 사방에는 어느 편도 아닌 구경꾼들이 둘러서서 구경을 하는데, 서커스를 보듯이 박수를 치면서 타조를 응원하더군. 웃고 떠들면서 말이지….

그래서 내가 알고 있는 방식대로 타조를 향해 고함을 질렀다네. 그랬더니 타조가 겁을 집어먹고서 그 즉시 푹스와 똑같이 머리를 모래에 박더군. 나란히 머리를 처박은 모습이 되었지.

나는 푹스의 옷깃을 잡아 일으킨 뒤 모래를 털어 주고 똑바로 세운 다음, 그렇게 괴상한 일이 어째서 일어나게 되었는지 꼬치꼬치 캐물었다네. 그랬더니 어땠는지 아나? 내가 전에 꾸짖은 게 아무 소용이 없었던 거야. 또 다시 작은 잘못을 저지르고 말았던 거지. 타조가 맘대로 돌아다니길래 참지 못하고 뒤에서 몰래 다가가 〈기념을 하려고〉 꼬랑지에서 깃털을 하나 뽑았다는 거야…. 그러자 겁이 많은 타조가 성이 나서 달려들었다더군.

푹스는 내게 깃털을 보여 주었어. 나는 그것을 타조에게 돌려주려고 했지만, 자네도 알다시피, 그것은 제자리에 붙여 놓을 수도 없었어. 또 생각해 보니 중요한 건 첫째로, 타조의 털은 새로 자랄 것이고, 둘째로, 타조도 이미 앙갚음을 했다는 것이지. 푹스의 멀쩡한 바지 한 조각을 영수증처럼 쫙 찢어 놓았거든.

수에즈 운하

이집트의 북동부에 있는, 지중해와 홍해를 연결하는 수평식 운하. 국제 운하로 아시아와 유럽을 연결하는 최단 항로이다.

홍해

아프리카 북동부와 아라비아 반도 사이에 있는 바다. 수에즈 운하 개통 후 아시아와 유럽을 이어 주는 중요 항로가 되었다. 바닷속에 있는 해조 때문에 붉은빛을 띤다.

우리는 이번 사건에 대해 얘기를 하고 잠시 크게 웃은 뒤 이윽고 마을 주민들과 작별을 하고 배로 돌아왔다네. 다시 돛을 올리고 되돌아서 나일 강 하류로 출발했지. 가만히 하류로 내려와 느긋하게 바다에 들어선 뒤 해안을 따라 동쪽으로 배를 몰았다네. 여기서부터 우리가 가는 길은 수에즈 운하를 통과해 홍해로 들어가는 것이었지.

운하에 들어선 시간은 아침이었어. 거기서는 대부분 수로 안내인이 배를 운전한다네. 하지만 나는 노련한 사람이라 수에즈 운하를 지나는 게 처음이 아니었다네. 돌멩이 한 조각도 다 알고 있었지. 그래서 헛되이 돈을 낭비하지 말자고 결심하고 수로 안내인 없이 운하를 지나갔다네. 우리는 앞으로 나아갔지. 푹스는 배 맨 앞에서 〈항로 감시자〉가 되고, 나는 타륜을 잡고, 롬은 당직을 섰어. 그러니까 롬은 식사 당번으로 아침밥을 준비했던 거야. 그는 요리의 대가였네. 한번은 어찌나 많은 요리를 만들었는지 목까지 차오를 만큼 배가 불렀는데도 계속 음식을 먹어야 했다네. 이번에도 그랬던 거야. 롬은 아침부터 앞치마를 둘러매고 소매에 물을 적시고 화로에 불을 지폈어…. 내가 들여다보니까, 아주 대단하더군. 이곳은 그렇지 않아도 더워서 죽겠는데 그가 있는 곳은 열기가 후끈후끈한 대장간과 다를 바 없었다네. 생지옥이라 할 만했지…. 불길은 활활 타오르고, 냄비에서는 음식이 끓고, 고기는 벌겋게 익고 있었지. 중요한 건 냄새였다네. 소스와 양념은 바로 그의 전공이었어. 그 냄새가 수에즈 운하 위로 퍼지니까 사방팔방에서 동물들이 모여들더군. 먹지는 못할지언정 냄새라도 맡자는 것이었지. 운하 양옆에 서서 우리를 바라보고 혀로 입술을 핥으며 입맛을 다시더군. 멋진 광경이 벌어졌던 거야! 우리는 한꺼번에 두 가지 일을 하였던 거지. 첫째는 우리 길을 가는 것이었고, 둘째는 아주 가까이서 직접 이 지역의 동물상을 연구할 수 있었던 거야. 그곳 동물상은 아주 풍부하였네! 아라비아 쪽에서

동물상

특정 지역이나 수역(水域)에 살고 있는 동물의 모든 종류

반추 동물

기린, 사슴, 소, 양, 낙타처럼 한번 삼킨 먹이를 다시 게워 내어 씹는 특성을 가진 동물. 위가 서너 개의 실(室)로 나뉘어 있다.

는 호랑이나 멧돼지가 다가오거나 큰 도마뱀이 엉금엉금 기어 왔고, 아프리카 쪽에서는 사자, 코끼리, 코뿔소가 왔다네. 사막에서 기린도 한 마리 왔는데, 요리 냄새를 맡고는 우리 배를 정신없이 바라보더군. 기린의 머리에 어떤 생각이 떠올랐는지는 모르겠지만 그 하는 모습이 우리 요트를 '식당 배'로 착각하고 있는 듯하였네. 기중기처럼 고개를 숙이고 강가를 따라 우리를 쫓아오면서 침을 질질 흘리는 거야.

마침 롬이 요리를 마치고 셋이 먹을 식탁을 차리기 시작했다네. 깨끗한 식탁보를 깔고 숟가락과 포크를 놓은 뒤 접시를 들고 주방에서 나왔지. 그런데 말이야, 기린이란 이 반추 동물이 흥미가 생겼는지 면상을 곧장 접시로 들이댄 거야. 롬이 소리를 지르고 욕을 해 댔지만, 기린은 교양이 없는 동물이라 아무리 달래고 얼러 봐야 헛수고였다네. 기어코 접시에 코를 들이밀고서 이빨을 내보이면서 핥아 먹었던 거야. 이러지도 못하고 저러지도 못할 상황이었다네. 운하가 좁으니 배를 돌릴 수도 없고, 그렇다고 강을 따라 계속 갈 수도 없는 처지였던 거지. 힘을 써서 어떻게 해 보자니 타륜을 손에서 놓아야 하는데, 이곳은 아주 커다란

126

책임이 따르는 지역이어서 위험할 수도 있었다네. 푹스는 동물상을 연구하는 데 몰두하느라 아무것도 듣지도 보지도 못했어. 롬은 두 손을 바삐 놀리고 있었고…. 남아 있는 마지막 방법은 후퇴였다네.

"롬, 뒤로 물러서게!" 내가 명령했어.

"물러선다, 실시!" 롬이 대답한 뒤 뒤로 물러서서 사다리를 타고 선실로 내려갔다네.

하지만 기린 목이 얼마나 긴지 자네도 알 걸세! 그 녀석이 목을 쭉 빼더니 롬을 쫓아 선실 안으로 들이미는 거야. 롬이 선실 끝에 숨었는데도 기린은 물러서지 않더군.

그런데 롬이 보고하는 소리가 들리더군.

"명령하신 지점에 도착했습니다!"

내가 보니 상황은 엉망이었어. 이렇게 하다가는 아침도 못 먹고 지나갈 판이었지. 그래서 모험을 하기로 했다네. 잠시 타륜을 던져 놓고 문을 쾅 닫아서 기린 목을 문 사이에 끼웠던 거야. 그랬더니 어떤 꾸지람보다 훨씬 효과가 있더군. 기린은 네 발로 버티고 선실에서 목을 빼내더니 몸을 쭉 펴는 거야. 하지만 화가 났는지 주위를 둘러보다가 울부짖고는 풍향기를 뚝 부러뜨리더군.

그 손해는 적은 게 아니었다네. 그렇지만 풍

풍향기

바람이 부는 방향을 알 수 있게 세운 깃발

127

향기는 여벌이 있었고, 어찌 됐건 아침밥을 구출해 냈던 거야. 곰곰이 생각해 보면 기린 쪽도 그다지 나쁜 건 아니었네. 불청객이라고 우리가 기린 목을 떠다민 건 사실이지만 하나도 못 얻어먹고 물러난 것은 아니었으니까 말이야. 사막에서는 배가 고프면 돌덩이도 갉아 먹는다고 하니까, 풍향기 정도면 자기 입맛에 맞지는 않아도 별미는 되었을 거네.

우리는 이번의 교훈적인 사건에 대해서도 얘기를 나누고 왕성한 식욕으로 아침 식사를 마친 뒤 다시 길을 떠났다네.

밤이 되어서야 우리는 수에즈를 지났네. 그런데 그곳을 지나자마자 바람이 죽어 버려서 우리는 이틀 정도 그자리에 머물러야 했어. 지나가면서 하는 얘기지만, 우리는 쉬면서 돛대와 돛도 손을 보고 용총줄도 팽팽하게 매고, 대청소도 했다네. 아침이 되자 바람이 불기 시작하더군. 우리는 돛을 올리고 홍해로 출발했다네.

처음엔 오른쪽 뒤에서 비스듬하게 불어오는 바람을 받아 천천히 가다가 나중엔 바람이 세지니까 쏜살같이 달려가더군. 사하라 사막에서 열풍이 불어왔던 것이지. 목욕탕처럼 찌는 듯한 더위에 후덥지근한 공기, 일렁대는 파도에 푹스가 견디지를 못하고 멀미를 하더군. 처음엔 그런 낌새도 안 보이고 참더니 그만 버티지를 못했던 거지. 그네 침대까지 기어가지도 못하고 그냥 갑판 위에서 쓰러지는 거야. 식량상자 위에서 끙끙 신음하면서 타조 깃털을 부채처럼 부치더군. 젊은 사람이 불쌍하기는 했지만 아무런 도움도 줄 수 없었네. 뱃멀미는 위험하지는 않아도 불치병이거든.

하지만 다른 것은 모두 잘되어 가고 있었다네. 이 열풍은 우리에게 도움이 되기까지 했지. 〈베다〉호를 전속력으로 밀어 주었으니까. 우리 배는 멋지게 나아갔어. 우리는 그렇게 성큼성큼 거리를 줄여 나갔던 거라네. 나는 잠시 바라보다가 방향을 계속 유지하면서 롬에게 타륜을 맡기고 잠깐 눈을 붙이려고 선실로 들어갔다네. 내 체질로 보아 이 위도에서는 밤에 당번을 서는 게 더 좋았던 거야. 하지만 롬은 낮에 일해도 긴장을 늦추지 않았어. 그랬지.

위도

지구 위의 위치를 나타내는 좌표축 중에서 가로로 된 것. 적도를 중심으로 하여 남북으로 평행하게 그은 선이다. 적도를 0도로 하여 남북으로 각 90도로 나누는데 북쪽의 것을 북위, 남쪽의 것을 남위라고 한다.

밤이 되어 더위가 한풀 누그러들자 수석 조수 롬이 잠을 자러 가고 내가 타륜을 잡고 배를 운전했다네.

그곳의 밤은 이루 말할 수 없이 아름답더군. 하늘에는 줄에 달린 등불처럼 달이 휘영청하고, 바다는 푸르고 신비로운 빛으로 일렁였지. 동화에 나오는 것처럼 말이야. 한두 시간을 서 있다 보니 온갖 잡생각이 들더군. 하늘을 나는 양탄자며, 용이며, 귀신 생각까지. 나는 그렇게 공상에 빠져들었다네. 그런데 갑자기 소리가 들리더군. 푹스가 뭐

키니네

기나나무 껍질에서 얻는 알칼로이드. 말라리아 치료의 특효약으로, 해열제, 건위제, 강장제로도 쓴다. 기나나무는 꼭두서닛과의 상록 교목으로 높이는 25m 정도이며, 잎이 마주난다.

파충류

거북, 뱀, 도마뱀, 악어 등을 통틀어 이르는 말

라고 잠꼬대를 하는 거야. 귀를 기울여서 들어 보았다네…. 아니 이건 뱃멀미가 아니라 열대 말라리아에 걸린 것 같은 느낌이 들었던 거야! 들어 보니 불쌍한 푹스가 헛소리를 하며 속삭이더군.

"선장님, 악어 한 마리가… 악어가 또 한 마리, 악어가 또 한 마리…."

나는 타륜을 고정시켜 놓고 선실로 내려가서 구급약통을 열어 키니네를 꺼냈다네. 선실에서 나오니 푹스는 아직 잠꼬대를 멈추지 않고 있었어.

"악어 스물일곱 마리, 악어 스물여덟 마리, 악어 서른 마리…."

"그만 하게, 푹스. 악어는 나중에 세어도 되네! 자, 이거나 먹어 보게." 내가 말했어.

그렇게 말하고 한 발을 내딛는데 작은 파충류 같은 것이 발에 밟히는 거야. 나는 뒷걸음질치다가 미끄러져서 넘어지고 말았다네. 키니네는 쏟아져 버렸지. 그때 어떤 놈이 내 손가락 하나를 콱 하고 물었어! 나는 놀라서 으악 소리를 질렀다네. 비명 소리를 듣고 롬이 뛰어왔는데 갑판에 오자마자 마찬가지로 소리를 지르더군.

그런데 푹스는 시간을 재듯이 계속 수를 세고 있었어.

"악어 마흔다섯 마리… 악어 쉰 마리…."

나는 하마터면 공황 상태에 빠질 뻔했다네. 하지만 마음을 굳게 먹고 일어나 성냥불을 켰지. 아, 그런데 믿기 힘든 일이 일어난 거야. 갑판에 악어가 실제로 가득했던 것일세. 갓 태어난 작은 악어 새끼들이라서 사실 큰 위험은 없었지만 그래도 기분 나쁜 동물이었지. 이놈들은 고분고분하게 대해 줄 필요도 없었으므로 걸레를 집어 들고 배 밖으로, 자연의 고향으로 돌려보냈다네.

갑판이 어느 정도 정리되자 나는 이놈들이 어디서 나타나서 습격을 한 건지 흥미가 일더군. 살펴보니 상자의 틈새로 기어 나왔던 거야. 그때 나는 모든 걸 깨달았지. 우리가 들렀던 아프리카 마을에서 실수로 그랬는지, 일부러 그랬는지는 모르겠지만 타조 알 대신 악어 알을 실어 주었던 거야. 날씨가 더워서 푹스가 갑판에서 뻗어 있는 동안 알을 깨고 기어 나왔던 거지.

괴상한 사건이 일어난 이유를 알아냈으므로 나는 어렵지 않게 이 사건에서 벗어날 수 있었다네. 상자는 열어 볼 필요도 없었어. 상자 틈에다가 판자를 대서 배 밖으로 걸쳐 놓았지. 작은 다리 같은 거였어. 그랬더니 그놈들이 컨베이어에 탄 것처럼 한 놈 한 놈 전속력으로 물속으로 빠져들어 아덴까지 기어가더군. 나중에 아덴에 와서 상자를 열어 보니 껍질만 남아 있었지…. 그랬던 것일세.

악어들을 없애고 배를 정비한 후 나는 잠시 안정을 찾았다네. 하지만 그것도 길지 않았어. 운명은 내게 새로운 시련을 안겨 줄 준비를 하고 있었던 것일세.

우리는 에리트레아의 연안을 따라서 항해를 했다네. 롬은 선실에서 자고 있었고, 푹스는 갑판에 있었어. 폭풍도 불지 않아서 모든 것이 평안을 예고해 주고 있었다네.

그런데 해가 뜨기 직전 갑자기 바다 어딘가에서 가슴을 찢는 듯한 외침이 들리는 거야.

"선원 모두 위로! 바다에 사람이 있다!" 내가 소리쳤어. "타륜을 돌려 바람을 가르고 선회하라!"

선원들은 순식간에 필요한 조치를 취했다네. 구명대며 튜브, 밧줄 같은 구명 장비가 바다로 날았지…. 마침내 조난자를 배 위로 끌어 올렸네.

보니까 해군 하사관 같더군. 겉모습은 화려하지 않았는데 물기를 털어 내고 기침을 한 번 하고는 거수경례를 하더군.

"이탈리아 해군 중사 줄리코 반디토가 충성을 맹세합니다."

"이런 데서 충성은 무슨!" 내가 말했지. "다행히 위험은 벗어났으니

아덴

예멘에 있는 항구 도시. 아라비아 반도의 남서쪽 끝에 있는 자유항이다. 옛날부터 아시아와 유럽·아프리카를 잇는 해상 교통의 요지로 번성하였으며, 수에즈 운하가 개통되면서 중요성이 더욱 커졌다.

에리트레아

에티오피아 북부, 홍해에 면한 나라

고맙다는 말만 해 주시면 되지요. 그런데 어쩐 일로 여기까지 와서 사고를 당하셨는지 얘기나 해 주시죠."

"술에 취해서 비틀거리고 돌아다니다가 바람에 날려서 그만 바다에 빠지고 말았습니다. 선장님, 저를 이탈리아 해변 아무 곳에나 내려 주시면 고맙겠습니다."

"이봐요, 젊은이." 내가 말했지. "당신은 꽤나 멀리 떠내려 왔다오! 이탈리아가 여기서 어딘데…."

"어디나 이탈리아입니다." 중사가 말을 끊더군. 그러더니 오른쪽을 가리키며 "여기도 이탈리아," 왼쪽을 가리키며 "여기도 이탈리압니다. 전 세계가 이탈리아죠!" 하고 말하더군.

나는 말싸움을 하고 싶지 않았네. 그건 이런 생각 때문이었지. '저 사람이 아직 술이 덜 깼군. 술 취한 사람하고 무슨 말을 하겠나?'

여기서 한 가지 깊이 생각해야 할 게 있다네. 그 당시에는 이탈리아에서 그 같은 젊은 사람들이 권력을 잡고서 전 세계를 손에 넣으려 했다네. –이탈리아에서 무솔리니가 이끄는 파시스트당이 집권하여 세계를 정복하려 한 사실을 얘기하고 있음. 이

줄리코나 반디토 같은 사람들은 짐작하지도 못했을 걸세. 그들의 최고 대장이 신발을 너무나 높이 치켜든 나머지 나중엔 발이 위로 가게 거꾸로 매달려 사형을 당하게 된 사실을 말이야.

줄리코 반디토

러시아 말로 줄리코(줄릭)는 '사기꾼'을 뜻하고, 반디토 (반디트)는 '강도'를 뜻한다.

하지만 당시에는 머리를 똑바로 들고 다니면서 다른 나라를 짓밟았다네. 그랬지.

나는 중사의 말을 반박하지 않았어. '저런 손님은 얼른 떼어 버려야지. 그게 좋겠어.' 하고 생각했던 거야.

"그렇군요." 내가 말했어. "이탈리아로군요. 그런데 어디에 내려 드릴까요? 이쪽이요, 아니면 저쪽이요?"

"저기요." 그가 말하더군. "저기 절벽에 내려 주셨으면 좋겠군요."

나는 조금도 의심하지 않고 해안 절벽에 배를 대고 잔교를 내렸다네. 그러자 중사가 다시 거수경례를 하더군.

"고맙습니다, 선장님. 그런데 수고스럽겠지만 배에서 내려 주시죠."

"됐네, 젊은이, 나는 시간도 없고 그럴 이유도 없다네. 그럼 잘 가시게…."

"아, 그러세요?" 그가 이렇게 말하더니 호각을 꺼내서 부는 거야. 그랬더니 갑자기 바위 뒤에서 악당들 한 무리가 나타나더군. 사삭-사삭하고 말이야! 그리고 나서 우리 선원들은 모두 수갑을 차고 말았다네. 나를 포함해서 말이야.

우리는 옆구리를 채여서 막다른 곳으로 끌려갔다네. 주위는 온통 절벽이나 산에 둘러 싸여 있었고 땅은 메말라 있었어…. 우리를 본부로

135

끌고 가더니 보고를 하더군. 우리는 서서 기다렸지.

마침내 대장이 손에 젓가락을 들고 나오더군. 우리 앞에 서서 마카로니를 먹고 있었지.

"오호라," 대장이 말하더군. "이탈리아 영토를 침범하셨군. 그렇다면 배는 몰수하고 사람은 일을 시키는 건 당연한 얘기지. 나중 일은 로마에 물어 봐서 결정하면 될 거고."

우리는 결국 일터로 끌려갔다네. 하루 동안 실컷 고생을 하고 배도 곯았어. 다행히도 푹스가 노새에 달린 자루에 손을 넣어 귀리를 한 줌 꺼내더군. 우리는 함께 먹었네.

밤이 되니까 줄리코 중사가 왔더군. 그래도 마음이 안 됐던지 구해 줘서 고맙다고 사례를 하러 온 것이었지. 자기 먹을 몫에서 떼어 마카로니 한 접시를 가져왔더군.

로마
이탈리아의 수도

노새
암말과 수나귀의 잡종

그런 동냥을 받는 게 기분 나빴지만 수염이 석 자라도 먹어야 산다는 말이 있지 않은가 말이야. 나는 마카로니를 사이좋게 똑같이 나누어 주고 맛을 보았다네. 롬은 식욕이 없어서 배가 고프지 않은지 욕만 잔뜩 퍼붓더군. 그런데 푹스를 보니까 거드름을 피우며 냄새만 맡고는 고개를 돌리는 거야.

"이게 정말 마카로니예요?" 그가 말하더군. "이건 형편없는 가짜예요. 이봐요, 중사 양반, 여기는 이렇게 기후도 훌륭한데 당신네들은 쓰레기 같은 거나 먹고 옥수수 농사나 짓고 있

군요! 이런 곳에서 마카로니 농사를 지으면 이탈리아 전체를 먹여 살리고도 남을 겁니다! 대장한테 가서 말해 보세요. 만일 바란다면 내가 직접 재배 시험을 보여 드린다고요. 나한테 모종이 있는데… 배에 남은 게 있어요."

나는 눈이 휘둥그레졌다네. 저 친구가 도대체 무슨 거짓말을 하나 하고 말일세! 그런데 줄리코가 귀를 기울이고 듣더니 진짜로 보고를 하겠다고 달려가더군. 자네가 어떻게 생각하는지 모르겠네만, 우리는 푹스의 지시를 받게 되었네. 그에게 작은 땅뙈기를 떼어 주더군. 그리고 〈베다〉호에서 마카로니도 가져오고 주변에는 감시병을 세워 놓았지. 대장이 직접 왔더군.

"씨를 뿌려 봐." 그가 이렇게 말하는 거야. "하지만 거짓말이면 호된 채찍 맛을 볼 줄 알아!"

보아하니 이 사람은 정말로 채찍으로 때리겠더군. 그래서 푹스에게 주의를 주기로 하였다네.

"자네 이번 일은 그만 두게나." 내가 귀엣말을 했다네. "헛고생만 할

137

거야. 채찍이나 맞고…."

푹스가 손을 한 번 흔들더군.

"가만히 계세요, 브룬겔 선장님. 쉿!"

그렇게 해서 우리는 느긋하게 이랑을 지었다네.

푹스는 모두가 보는 앞에서 마카로니를 꺾어 그것을 심고는 물을 주었지.

그런데 이런 일이 있나. 삼 일이 지나니까 움이 텄던 거야! 처음에는 푸른 싹이 올라오더니 다음엔 작은 잎이 달리더군…

푹스는 돌아다니며 흙을 돋워주면서 이탈리아 사람들에게 얘기했다네.

"당신들은 싸구려 가짜가 아니라 자연에서 나온 진짜 곡식을 얻은 겁니다! 저게 자라 사람 키만큼 되면, 그것을 베어 잎은 가축 여물로 쓰시고, 줄기는 냄비에 바로 넣어 끓이면 훌륭한 음식이 될 겁니다."

이탈리아 사람들은 그 말을 믿더군. 솔직히 고백하면, 나도 믿었지. 그럴 듯했거든. 정말 쑥쑥 자라는 거야. 그건 사실이었으니까! 그런데 대장이 묻더군.

"여기 들판 전체에 씨를 부리면 안 되겠나?"

"왜 안 되겠습니까? 물론 할 수 있지요." 푹스가 말하더군. "다만 씨가 조금밖에 없어서요. 그런데 갖고 계신 씨를 뿌려서 키우려면 술을 부어 줘야 합니다. 안 그러면 자라지 않을 걸요."

"그렇다면 내 부하들이 술을 붓게 하면 되겠군." 대장은 이렇게 말하고 명령을 하더군.

다음 날 커다란 술통을 굴려서 가져오고, 마카로니를 있는 대로 다 뿌리더니 쇠도리깨 무기를 들고 땅을 파헤치더군. 그리고선 흙을 덮고 술을 뿌렸던 거야. 하지만 밭에 뿌린 술은 조금밖에 되지 않았네. 대부분은 군인들 입으로 들어가 버렸지. 저녁이 되자 대장이 왔는데 그 사람도 술에 입을 대더군. 그러자 본부 전체가 흥청망청했다네. 노래하고 떠들고 싸움질을 하더군. 밤이 되니 달이 뜨고 본부는 조용해졌어. 코 고는 소리만 들판 가득히 울렸지. 우리는 서둘러 〈베다〉호로 갔다네. 돛을 올리고 그곳을 떠났던 거야.

"그런데," 내가 말했지. "푹스는 선원이 아니라 농학자가 됐으면 좋을 뻔했네. 자네는 어떻게 그런 기술을 익혔나? 마카로니에서 싹이 나다니 그게 기적이 아니고 무언가."

"기적은 무슨 기적이에요, 브룬겔 선장님. 그냥 손재주였어요." 푹스가 대답하는 거야. "제 주머니에 귀리 한 줌이 있었거든요. 귀리가 있으면 마카로니에서만 싹이 나겠어요? 담배꽁초에서도 싹이 나지."

 농학자

농업을 연구하거나 농학에 정통한 사람

구아르다푸이

아프리카의 소말리아 반도 동쪽에 있는 곶. 이 부근은 요즘도 해적으로 유명하다.

일은 그렇게 되었던 것일세. 결론을 말한다면 무사히 빠져나왔던 것이네. 다음 날 우리는 구아르다푸이를 지나 곧장 남쪽으로 방향을 잡았지.

9장
오래된 풍습과 남극의 얼음 이야기

대양은 우리를 고른 무역풍으로 맞이했다네. 우리는 하루, 다시 하루를 전진했지. 습기를 머금은 바람이 더위를 조금 식혀 주었지만 다른 징후들은 우리가 열대에 들어섰다는 것을 얘기해주고 있었어. 푸른 하늘이며 높이 솟은 태양, 그리고 가장 중요한 건 날치가 나타난 거지. 날치는 정말 아름다운 고기라네! 잠자리처럼 물 위로 휙-휙 날뛰면서 늙은 뱃사람의 마음을 설레게 하지. 날치가 한없이 넓은 바다의 상징이 된 것은 우연이 아니야.

그 망할 날치 녀석들이 내 마음속에 옛날 생각을 되살려 냈다네. 젊은 시절의 추억이며, 첫 항해며… 적도를 말이야….

적도는 자네도 알다시피 가상의 선이지만 완전히 분명한 선이라네. 옛날부터 이곳을 지날 때는 배에서 작은 연극을 하는 풍습이 있었어. 바다의 신 넵튠이 배에 나타나 갑판에서 선장과 잠시 얘기를 나눈 뒤 그의 영토에 맨 처음 들어선 뱃사람을 물에 담그는 연극이라네.

나는 저 먼 옛날을 머리에 떠올리고는 이 오래된 풍습을 되살려 보기로 했다네. 더구나 장식을 하는 것도 어렵지 않았고 의상도 마찬가지였어. 연극을 상연하는 데 아무런 어려움이 없었던 거야. 하지만 배우는 어쩔 도리가 없었지. 나는 이 배에서 한 사람밖에 없는 노련한 뱃사람이고, 또 내가 선장이니까 좋든 싫든 넵튠 연기는 내가 맡아야 했지.

연극을 어떻게 해야 하나 궁리를 하다가 나

는 방법을 찾아냈다네. 아침이 되자 물 담은 통을 갖다 놓으라고 이른 다음, 몸이 아프니 다 나을 때까지 모든 규칙에 따라 롬에게 지휘권을 넘긴다고 하였네. 롬은 나에게 위로의 말을 하더니 대뜸 모자를 선장처럼 비스듬히 쓰고 푹스에게 동판 글자를 닦아 놓으라고 명령하더군.

나는 선실 문을 걸어 잠그고 연극 준비에 몰두했다네. 걸레로 수염을 만들어 붙이고, 삼지창, 왕관을 만들었어. 그리고 엉덩이에는 고기 꼬리 비슷한 것을 붙였지. 결과는 훌륭했어. 허풍 떠는 게 아니라니까. 거울을 봤더니 영락없는 넵튠이더군. 넵튠이 부활했던 거야!

그래서 내 짐작으로 〈베다〉호가 적도를 통과한다 싶을 때쯤 의상을 완전히 차려입고 갑판으로 올라갔다네….

그런데 결과는 엉뚱하고 조금은 뜻밖이었던 거야. 선원들에게 미리 연극 얘기를 하지 않은데다가 그들이 오래된 바다 풍습을 몰랐던 탓에 내가 바라지 않은 쪽으로 상상을 해 버리고 말았던 거지.

내가 무대 위로 나섰다네.

수석 조수 롬은 거만하게 타륜을 잡고 수평선을 응시하고 있더군. 푹스는 땀을 뻘뻘 흘리며 〈딱새〉를 하고 있었어. 날치는 여전히 물 위로 휙-휙 날뛰고 있었지.

갑판 위는 조용해서 내가 등장했는데도 처

딱새

구두닦이의 은어

143

음엔 눈치를 못 채더군.

　그래서 관심을 끌기로 마음먹었네. 삼지창으로 무섭게 쿵 하고 한 번 내리치고는 으르렁대기 시작했어. 그러자 두 사람이 몸을 흠칫 떨더니 하도 놀라서 꼼짝을 못하더군. 마침내 정신을 차린 롬이 머뭇머뭇 내게로 한 걸음 다가와서 당황한 목소리로 이렇게 묻는 거야.

　"브룬겔 선장님, 어디 아프세요?"

　이런 질문을 할 것이라 예상을 하고서 나는 미리 시 같은 답을 준비하고 있었다네.

　　　나는 넵튠, 바다의 거인

　　　온 바다는 나의 신하

　　　고기, 바람, 배 모두 나의 신하라네.

　　　아뢰어라, 나에게

　　　〈베다〉호가 어디서 와서 어디로 가는지.

　그 순간 롬의 얼굴에 놀란 표정이 스쳐 갔다네. 그러다가 아주 안 됐다는 표정에서 결심을 하는 모습으로 바뀌었어. 롬이 표범처럼 달려들더니 두 팔로 나를 콱 껴안고는 물통 쪽으로 끌고 가더군.

　"선장님 다리를 잡아!" 롬이 끌고 가면서 명령을 했어.

푹스가 명령대로 하자 롬이 침착하게 몇 마
디 덧붙였다네.

일사병

강한 태양의 직사광선을 오
래 받아 일어나는 병

"이 노인네가 일사병에 걸렸어. 머리 좀 식
혀 드려야겠네."

나는 빠져나오려고 했지. 그리고 수백 년 전부터 내려오는 풍습에
따라 적도를 통과하면서 먹을 감아야 하는 사람은 내가 아니라 자네들
이라고 설득을 하려 했다네. 하지만 그들은 내 말을 듣지 않더군. 마침
내는 나를 물통으로 끌고 가서 거기에 담그고 말았던 거야.

내가 썼던 왕관은 물에 젖어 불어 버리고 삼지창도 바닥에 떨어지고
말았다네. 너무나 서글프고 빠져나갈 구멍이 없는 상황이었지만 나는
마지막 힘을 모아서 물에 담갔다가 빼는 그 순간에 다부지게 명령을
했던 거야.

"선장을 물에 담갔다 빼는 일 중지!"

그 말이 효과를 보더군.

"선장님을 물에 담갔다 빼는 일 중지한다, 실시!" 롬이 복창을 하고
차려 자세를 하더군.

나는 그만 물통 속에 빠지고 말았다네…. 두 발만 통 밖으로 삐죽 솟
아나와 있었지. 그냥 하염없이 물을 들이켜고 있을 수도 있었지만, 푹
스가 눈치를 챘던 거야. 푹스가 물통을 옆으로 넘어뜨려 물이 쏟아지

집게

비어 있는 달팽이 껍질 또
는 다른 비어 있는 물체를
피난처나 보호용으로 사용
하는 게

자 나는 간신히 빠져나올 수 있었다네. 통안
에 집게처럼 들어앉아 있으니 제대로 숨을
쉴 수가 없더군. 나는 기운을 차리고서 게처
럼 꽁무니부터 기어 나왔던 것일세.

자네도 생각해 보게나. 이런 꼴이었으니 내
권위가 얼마나 많이 깎였겠나. 그런데 더 운이 나빴던 것은 그러는 사
이 우리는 무역풍을 놓쳤던 것이라네. 바다는 죽음처럼 무풍 상태가
되었고, 배에서는 아무것도 할 일이 없었다네. 그러자 롬과 푹스는 아
침부터 갑판 위에 자리를 잡고서 두 손에 카드를 들고는 쉬지도 않고
카드놀이에 열중하더군.

나는 하루를 지켜보고 이틀을 지켜보다가 그것을 중단시켰다네.
내가 워낙 도박은 반대했던 데다가, 이런 오락에 빠지다 보면 선상의
규율을 깨뜨릴 위험이 있었기에 더욱 그랬다네. 더군다나 푹스는 속이
기를 잘해서 카드놀이를 할 때마다 롬을 이기고 말았던 거야! 그러니
무슨 존경심이 생기겠냔 말이야!

그렇다고 그냥 카드놀이를 하지 말라고 할 수도 없었다네. 심심해서
죽을 지경이었거든. 심심해서 죽느니 롬이 지는 게 나았던 거지.

그래서 나는 두 사람에게 체스를 두자고 제안했다네. 체스는 머리를
쓰는 놀이라서 머리도 좋아지고 작전 짜는 능력도 키울 수 있으니까. 더

구나 이 놀이는 차분하게 하는 거라서 가족적인 분위기를 만들어 주지.

우리는 즉시 갑판 위에 책상을 차리고 사모바르도 옆에 갖다 놓고 돛으로 머리 위에 차양을 만들어 차를 마시며 아침부터 밤까지 피를 안 보는 결투에 몰두했던 거야.

그러던 어느 날 나와 롬은 전날 끝나지 않은 시합을 마무리하려고 아침부터 앉아 있었다네. 살인적인 더위는 계속되고 있었고 체스를 하지 않는 푹스는 수영을 한다고 물속에 들어가 있었지.

롬의 장군 말이 꼼짝없이 구석에 몰렸다네. 나는 승리의 기쁨을 미리 맛보고 있었지. 그런데 갑자기 날카로운 비명이 배 밖에서 들리더니 내 생각의 흐름을 깨뜨려 버렸다네. 보니까 물 위에 푹스의 모자가 떠 있는 거야. (푹스는 일사병에 걸릴지 모른다고 모자를 쓰고 수영을 하고 있었거든.) 푹스는 절망적으로 흐느끼면서 팔다리로 물을 차 물보라를 일으키며 자기가 낼 수 있는 최고 속도로 〈베다〉호를 향해서 막 헤엄쳐 오는 거야. 그 뒤에는 담청색 수면을 헤치며 거대한 상어 지느러미가 소리 없이 물 위로 미끄러져 쫓아오고 있었지.

먹잇감을 따라잡았다 싶었는지 상어가 몸을 뒤집으며 무시무시한 아가리를 쫙 벌리더군. 나는 푹스도 이제 끝장이구나 하고 생각했다네.

순간, 나도 왜 그랬는지 모르겠지만, 책상에서 손에 잡히는 대로 물건 하나를 집어서 온 힘을 다해 바다 깡패의 낯짝을 향해 던졌다네.

그 결과는 놀랍고도 뜻밖이었다네. 괴물 같은 놈의 이빨이 순간 닫히는가 싶더니 금방 먹잇감을 내뱉고는 제자리에서 몸을 뒤치는 거야. 그놈이 물에서 펄쩍펄쩍 뛰어오르는데, 인상을 찡그리고 턱은 다물지 못한 채 이빨 사이로 침을 사방으로 흘리더군.

그 사이 푹스는 무사히 도망쳐서 배 위로 기어 올라와 기진맥진한 상태로 책상에 기대 앉았다네. 그는 무슨 말인가 하려 했지만 흥분한 나머지 목이 말라서 말을 하지 못했어. 내가 서둘러 그에게 차를 따라 주었다네.

"차에 레몬을 넣어 줄까?" 내가 물었어. 그렇게 말하고 손을 접시로 뻗는데 거기엔 아무것도 없는 거야.

그때 나는 모든 걸 깨달았다네. 푹스가 삶과 죽음의 갈림길에 있던 순간 레몬이 내 손에 잡힌 거였네. 그것이 푹스의 운명을 결정했던 거지. 알다시피 상어란 놈들은 신맛을 잘 모른다네. 젊은이, 자네가 상어를 보게 되면 한번 레몬을 가지고 실험해 보게나. 그러면 턱뼈를 일그러뜨리며 아가리를 벌리지 못하는 모습을 보게 될걸세.

나는 수영을 금지시키지 않을 수 없었네. 남아 있는 레몬이야 사실 충분했지만 언제나 그런 행운이 따르기를 기대할 수는 없었으니까. 그랬지. 우리는 갑판 위에 샤워기를 설치하고 서로서로 등목을 해 주었어. 하지만 이 모든 건 완전한 해결책이 아니어서 더위는 우리를 아주 녹초로 만들었다네.

나는 살이 조금 빠지기까지 했어. 어느 아름다운 아침, 마침내 바람이 불어왔기에 망정이지, 그러지 않았다면 어찌 되었을지 아무도 모를 걸세.

할 일이 없어 맥이 빠져 있던 선원들이 전에는 볼 수 없던 활력을 보이더군. 우리는 즉시 돛을 올렸네. 〈베다〉호는 속력을 내며 저 멀리 남쪽으로 출발했다네.

자네는 우리가 방향을 남쪽으로 향한 게 놀랍나? 그럴지도 모르지. 하지만 놀라지 말고 지구의를 한번 보게나. 적도를 따라 세계 일주를 하게 되면 시간도 오래 걸리고 힘이 든다네. 그렇게 항해를 하려면 수십 개월이 걸리게 되지. 하지만 남극에 가면 하루에 다섯 번이나 지축을 돌 수 있다네. 더구나 거기 남극에서는 낮이 육 개월 동안 지속되거든.

그래서 우리는 남극을 향해 밑으로, 밑으로 매일매일 내려갔던 것이네. 상당한 위도를 지난 후 우리는 남극권에 가까이 다가갔지. 그러자 한기가 느껴지기 시작하더군. 바다도 이

지축

지구의 북극과 남극을 연결하는 자전축으로, 공전 궤도면에 대하여 66.5도가량 기울어져 있다.

남극권

남위 66도 33분의 지점을 이은 선, 또는 그 선 이남의 남극을 중심으로 하는 지역을 말한다. 대부분 남극 대륙이며, 반 년 동안은 낮이, 반 년 동안은 밤이 계속되고 1년에 최소 하루는 낮뿐이거나 밤뿐인 날이 있다.

전 같지 않았네. 물은 잿빛이고 안개가 서리고 구름이 낮게 걸려 있더군. 당직을 서려면 털외투를 입어야 했고, 귀도 시리고, 밧줄엔 고드름이 열렸다네.

하지만 우리는 뒤로 물러설 생각이 없었어. 그러기는커녕 바람을 타고 우리는 매일매일 계속해서 아래로, 아래로 내려갔던 것일세. 잔물결에 불안해할 우리가 아니었고 선원들의 상태는 아주 훌륭했거든. 나는 남극 대륙의 빙벽이 수평선 위에 떠오르는 순간을 애타게 기다렸던 거야.

그러던 어느 날, 독수리처럼 시력이 날카로운 푹스가 뜻밖에 소리치더군.

"뭍이 코앞에 있어요!"

순간 나는 내 코와 롬의 코가 제대로 안붙어 있나 착각을 했다네. 심지어는 손바닥으로 만져 보고 문질러 보기까지 했다니까.

하지만 코는 아무 이상이 없었네.

그런데 푹스가 다시 소리치는 거야.

"뭍이 코앞에 있어요!"

"혹시 뭍이 보고 싶어서 그러는 건 아닌가?" 내가 말했지. "푹스, 자네야 물론 그렇게 말하고 싶을 거야. 하지만 이런 상황은 견뎌 내야 하네. 자네가 말하는 뭍이 내게는 보이지 않는 걸…"

"징말이라니까요, 코앞에 뭍이 있어요." 푹스가 말하더군. "저기 있잖아요, 보이죠!"

"솔직히 얘기하지만, 안 보이네." 내가 말했어.

그런데 삼십 분쯤 더 가니까 말이야. 자네 생각엔 어땠을 것 같은가? 그 말이 정말이었던 거야. 수평선 위로 떠 있는 거뭇한 지대를 발견했던 거지. 롬도 그것을 발견했다네. 정말로 뭍과 비슷하더군.

"대단하군, 푹스." 나는 이렇게 말하며 쌍안경을 들고 바라보았지. 하지만 잘못 본 것이었어! 그건 뭍이 아니라 얼음이었어. 책상 모양의 거대한 빙산이었지.

나는 항로를 곧장 그리로 잡았네. 두 시간을 가니 저물지 않는 태양빛을 받아 수천 가닥의 빛을 뿌리며 빙산이 우리 코앞에 나타나더군. 수정궁의 담벼락과 비슷하게 생긴 푸른색 얼음 구조물이 바다 위로 불쑥 솟았던 거야. 빙산에서는 추위와 죽은 듯한 고요가 느껴졌어. 초록색 물결은 출렁출렁 빙산 기슭에 부딪고 있었지. 부드러운 구름이 빙산 꼭대기에 걸려 있더군.

마음으로는 나도 어느 정도 화가라 할 수 있다네. 자연의 장엄한 모습에 나는 극도로 흥분하고 말았지. 나는 팔짱을 끼고 거대한 빙산을 감상하면서 그 경이로움에 몸이 굳어 버렸던 거야.

그런데 어디서 나타났는지 뼈가 앙상한 바다표범이 물 위로 멍청한 주둥이를 쑥 내밀더니 버릇없이 빙산으로 기어오르더군. 그리곤 얼음 위에 벌렁 누워 옆구리를 긁기 시작하는 거야!

"저리 꺼져, 멍청아!" 내가 소리쳤어.

그렇게 소리치면 갈 것이라고 생각했던 거야. 그러나 웬걸. 그놈은 들은 척도 않더군. 긁적긁적 긁으며 콧소리를 내면서 장엄한 아름다움을 망쳐 버리더군.

나는 더 이상 참지 못하고 돌이킬 수 없는 행동을 하고 말았다네. 이 행동 때문에 하마터면 우리의 원정은 명예롭지 못하게 끝나 버릴 뻔했었지.

"총을 주게나!" 내가 말했어.

푹스가 잽싸게 선실로 가서 엽총을 꺼내 오더군. 내가 겨냥을 하고는… 탕! 쏘았어.

그러자 철벽 요새처럼 보이던 빙산이 무시무시한 소리를 내며 반으로 쩍 갈라지는 거야. 바다가 배 아래에서 요동을 치더군. 얼음 파편이 갑판으로 굴러떨어졌다네. 그러다가 빙산이 멋지게 제비를 돌더니 〈베다〉호를 떠받쳐 들었던 거야. 우리는 기적처럼 빙산 꼭대기에 올라앉은 모습이 되었다네.

그러고선 사태가 조금 진정이 되더군. 나도 마음이 차분해져서 주위를 살펴보았네. 보니까 별로 대수롭지 않더군. 요트는 울퉁불퉁한 얼

음 사이에 빠져서 밀어낼 수도 없는 상태였고, 사방은 정나미 떨어지는 잿빛 바다였지. 그런가 하면 빙산 기슭에서는 버르장머리 없는 아까 그 바다표범 녀석이 빈둥빈둥 돌아다니면서 우리를 바라보며 아주 뻔뻔한 모습으로 득의만면한 미소를 짓고 있었다네.

선원들은 이 모든 사태에 조금은 당황하여 입을 다물고 있었지. 알 수 없는 현상에 대한 설명을 기다리고 있는 것 같더군. 그래서 내가 알고 있는 학식의 광채를 보여 주기로 결심을 했다네. 그 즉시 얼음 위에서 일장 강의를 했던 것이네.

빙산이란 배한테는 위험한 이웃이며 여름에는 더욱 그렇다고 설명했지. 물 아래쪽에 잠긴 부분이 조금씩 녹아 균형이 무너지면 무게 중심이 바뀌고, 그러면 이 거대한 얼음덩어리가 간신히 지탱을 하게 된다. 그런 상태에서는 총이 아니라 큰 기침만 해도 이 자연 구조물을 무너뜨리기에 충분하다. 빙산이 뒤집히더라도 전혀 놀랄 일이 아니다 등등… 이런 식으로 강의를 했던 것일세.

선원들은 꽤나 관심 있게 내 설명을 들어 주더군. 푹스는 겸손해서 잠자코 입을 다물고 있었지만, 롬은 타고난 고지식한 성미를 참지 못하고서 조금은 버릇없이 이런 질문을 하였지.

"그렇다면," 그가 말하더군. "위아래가 뒤바뀐 건 이미 지나간 일이라 치고요. 그렇다면, 브룬겔 선장님, 그것을 다시 뒤집으려면 어떻게 해야 하죠?"

젊은이, 자네도 생각을 해 보게나. 그같이 거대한 빙산을 어떻게 뒤집을 수 있겠는가 말이야. 무슨 일이든 해야 했지. 평생을 얼음 위에 있을 수는 없었으니까.

나는 생각에 잠겨서 우리가 처한 상황을 이리저리 살펴보기 시작했다네. 그러는 사이 롬은 경솔하게 기분 내키는 대로 일을 벌였던 거야. 자기 힘을 믿고서는 혼자서 요트를 바다로 끌어 내릴 결심을 했던 거지. 도끼를 들고 내리쳐서 이백 톤쯤 되는 얼음덩이를 깨기 시작했다네.

그렇게 해서 우리 배를 받치고 있던 얼음을 깨고 싶었던 걸 거야. 아주 칭찬할 만한 시도였지만 완전히 허튼짓이었다네. 정밀과학의 지식이 부족했던 까닭에 롬은 자기가 노력한 결과가 어떻게 될지 짐작도 하지 못했던 거야.

결과는 정반대였다네. 빙산에서 얼음덩어리가 떨어져 나가자마자 빙산 무게는 가벼워졌고, 그렇게 움직일 수 있게 되자 빙산이 떠내려가기 시작한 거지. 내가 행동 계획을 다 만들어 냈을 무렵에는 롬이 수고한 덕분에 빙산 꼭대기가 요트와 함께 십이 미터나 더 솟아올랐다네.

롬은 사태를 깨닫고 경솔한 행동을 후회하더군. 그러고 나서 타고난 그의 열성으로 내 명령을 실행에 옮겼던 거야.

선대

배를 만들 때 선체를 올려
놓고 작업하는 대(臺)

마파람

뱃사람들의 은어로 '남풍'
을 가리키는 말

내 계획은 너무나 간단했어. 돛을 펴고 아 딋줄을 당겨서 빙산과 함께 전속력으로 후진 하는 것, 그러니까 북쪽의 열대 지방 가까이 로 가는 거였지. 바다표범도 우리와 일행이 되어 출발했다네.

마침내 일주일도 안 되어 우리 배가 올라 서 있던 빙산이 녹기 시작하더군. 크기가 점 점 줄어들어서 어느 아름다운 날 아침에는 쩍 하고 갈라지더니 두 번 째 뒤집기를 하더군. 〈베다〉호는 선대에서 내려오듯이 부드럽게 물에 안착을 했다네. 빙산 위에 있던 바다표범 녀석은 버티지를 못하고 미 끄러지더니 자루처럼 쿵 하고 우리 배 갑판에 떨어졌다네! 나는 그놈 의 목덜미를 잡아서는 겁을 주려고 허리띠로 휙 하고 바닥을 내려친 다음 놓아 주었다네. 헤엄쳐 가라고 했던 거지. 그러는 동안 롬은 방향 을 다시 돌렸어. 〈베다〉호는 다시 마파람부는 쪽을 향해 진로를 잡았 지. 우리는 다시 남극을 향해 출발했던 것일세.

10장

독자가 쿠사키 해군 대장을 알게 되고
〈베다〉호 선원들이 배고픔의 서러움을 알게 된 이야기

또 다시 잿빛 구름과 안개가 나타나고 우리는 다시 털외투를 입어

야 했다네….

우리는 추운 날씨에도 느긋하게 나아가고 있었지. 그러던 어느 날

갑자기 쿵 하는 소리가 나는 거야! 폭탄이 터진 건지 천둥이 친 건지 모

르겠더군. 잠시 기다리면서 귀를 기울여 봤더니 조용하더군. 그러다가

다시 빵! 하는 소리가 나는 거야. 그러곤 다시 정적.

나는 흥미가 일어서 수수께끼 같은 일이 일어난 곳으로 기수를 돌리고 그리로 〈베다〉호를 몰았지.

가서 보니 수평선에 떠다니는 산 같은 것이 있었네. 가까이 다가갔지. 그런데 아니었네. 그건 산이 아니라 그냥 안개구름이었어. 그런데 갑자기 그 가운데에서 물기둥이 일어나 분수처럼 바다에 떨어지더군. 그 때 귀가 먹먹할 정도로 큰 천둥소리가 바다에 퍼지더니 〈베다〉호를 용골에서 돛대 꼭대기까지 뒤흔들더군.

조금 무섭긴 했지만 호기심도 생겼다네. 불가사의한 현상을 밝혀 내어 과학을 풍요롭게 하고 싶다는 열정이 조심해야 한다는 마음을 이기고 말았지. 나는 타륜을 잡고 안개 속으로 배를 몰았어. 가면서 보니까 배에서 고드름이 떨어져 나가는 거야. 그건 온도가 눈에 띄게 따뜻해지고 있다는 증거였지. 배 밖으로 손을 넣어 보니 물이 거의 끓을 지경이더군. 그런데 갑자기 안개 속 코앞에서 여행 가방 비슷한 거대한 물체가 불쑥 솟아오르더니 이 가방 같은 게 에췌! 하고 재채기를 했다네.

그러자 나는 사태를 전부 파악할 수 있었지. 그건 향유고래였어. 태평양에서 놀러 왔다가 남극의 얼음 때문에 감기가 들었던 거야. 감기가 된통 걸려서 재채기를 하고 있었던 거지. 물이 뜨거워진 것도 놀랄일이 아니었어. 감기 같은 병에 걸리면 흔히 열이 펄펄 나니까 말이네.

이 향유고래를 작살로 사냥을 할 수도 있었겠지만 병든 틈을 이용해서 그런다는 게 꺼림칙하더군. 그런 행동은 내 원칙에 맞지 않았거든.

그 대신에 나는 이스피린을 삽에 한가득 담아서 겨냥을 한 뒤 그놈 아가리에 집어넣어 주려고 했다네. 그랬는데 갑자기 바람이 휙 불면서 파도가 몰려오는 거야. 표적이 빗나가서 그만 실패하고 말았지. 아스피린은 향유고래 입을 통해 목구멍으로 들어가지 못하고 콧구멍으로 뿌려진 거야.

향유고래가 숨을 한 번 내쉬고는 잠시 죽은 듯이 가만있다가 두 눈을 반쯤 감더니 갑자기 다시 재채기를 했다네. 우리를 향해 정면으로 말이야.

아, 이 무슨 재채기가 이렇담! 요트가 구름 바로 아래까지 솟아올랐다가 떨어지더니 나중엔 급강하를 하더군. 그러곤 갑자기… 쿵! 하였지.

그 충격에 나는 정신을 잃었네. 정신이 들고 보니까 〈베다〉호는 거대한 배의 갑판에 옆으로 누워 있더군. 푹스는 밧줄에 엉켜 있었네. 롬도 충격에 배에서 튕겨 나와 바로 옆에서 불편한 자세로 앉아 있었지. 몇 사람이 장거리포의 보호를 받으며 위엄 있는 모습으로 우리를 향해 걸어오고 있는데, 제복을 보니 해군 대장보다 낮지는 않은 계급이었다네.

나는 자기소개를 했지. 그 사람들 쪽에서도 국제 고래 멸종 방지 위원회에서 나왔다고 설명을 하더군. 그러더니 바로 그 자리에서 나에게 꼬치꼬치 캐묻는 거야. 당신들은 누구냐, 어디서 왔느냐, 원정 목적이 무엇이냐, 혹시 오다가 고래 같은 것을 보지 못했느냐, 만일 봤다면 그것이 멸종되는 걸 막기 위해 무슨 조치를 취했느냐 등등을 말일세.

그래서 나는 얘기해 줬지. 사실은 이렇게 된 거다, 이 원정은 운동 같은 것이고 세계 일주를 하고 있다, 병에 걸린 향유고래 한 마리를 만났는데 의학에서 그런 경우를 위해 마련한 구조 조치를 힘닿는 데까지 취했다고 얘기했지.

내 얘기를 다 듣고 나서 자기들끼리 귀엣말로 속삭이더니 요트 옆에 경비병을 세워 놓고 회의를 하러 가더군. 우리도 앉아서 기다리며 회의를 했다네.

"표창장을 주려는 겁니다. 메달을 줄지도 모르죠." 롬이 말했어.

"메달이 무슨 소용 있어!" 푹스가 반박하더군. "내 마음 같아서는 돈이나 주었으면 좋겠는데…."

나는 말하는 걸 자제하고 입을 다물고 있었다네.

그렇게 한 시간이 지나고, 두 시간, 세 시간이 흘렀어. 지루해지더군. 그래서 회의를 하는 곳으로 가 보았다네. 경비병들이 길을 터 주더군. 나는 구석에 앉아서 회의하는 얘기를 들었지. 토론을 하고 있더군. 동쪽 나라의 대표인 쿠사키 해군 대장이 이런 발언을 하는 거야.

"우리의 공동 목적은," 그가 말했어. "고래를 멸종에서 보호하는 겁니나. 이 훌륭한 목적을 이루기 위한 방법은 무엇일까요? 효과적인 단 하나의 방법은 고래를 없애 버리는 것이라는 사실을 여러분은 모두 잘 알고 계실 겁니다. 고래를 없애 버리면 멸종당할 고래도 없어질 테니까요. 이제 심의 대상이 된 사건을 살펴봅시다. 우리의 의사 일정에 올라 있는 사건 당사자인 브룬겔 선장에게는, 그 사람 스스로 인정하고 있듯이, 그가 만난 향유고래를 없앨 수 있는 완전한 기회가 있었습니다. 그런데 이 잔인한 사람이 한 일은 어땠습니까? 그 사람은 부끄럽게도 숭고한 자기 의무를 다하기를 회피한 채 자기 기분 내키는 대로 그 불쌍한 동물이 멸종이 되도록 놔두었던 것입니다! 이런 범죄를 우리가 보고도 못 본 체 할 수 있겠습니까? 불쾌하기 짝이 없는 이 사실을 우리가 그냥 지나칠 수 있겠습니까? 아닙니다, 여러분. 우리는 그럴 수 없습니다. 우리는 범죄자에게 벌을 줘야 합니다. 우리는 그 사람의 배를 몰수하여 우리 위원회의 과업을 성실하게 수행하는 우리 일본 사람들에게 주어야 합니다…."

그러자 다른 서양 나라 대표가 그 사람 말을 끊었어. 이름이 뭐였는지 잊어버렸는데, 아마 그라벤트루프던가 그랬을 거야.

"전부 옳으신 말씀입니다." 그가 말하더군. "벌을 줘야 합니다. 다만 쿠사키 대장님은 가장 중요한 걸 잊으셨습니다. 향유고래는 다른 고래와 달라서 놀라운 두개골 구조를 가지고 있습니다. 그렇다면 이런 향

그라벤투르프

러시아 말로 시체('투르프') 도둑('그라비치' –훔치다)이라는 뜻이 됨

아리아 인

인도–유럽 어족에 속하는 인종을 통틀어 이르는 말. 그리스인, 로마인, 게르만인, 슬라브인, 켈트인 등을 말하는데 여기서는 순수 혈통을 주장한 독일 사람을 가리킨다.

유고래를 모욕했다는 건 아리아 인 전체를 모욕했다는 얘기가 됩니다. 여러분, 아리아 인들이 어찌 이런 모욕을 참을 수 있겠습니까?"

나는 더 이상 들을 수가 없었네. 호랑이는 막았는데 이리를 만난 격이었지. 슬며시 빠져나와 선원들에게 가서 정찰 결과를 보고했다네. 그랬더니 선원들이 기운을 잃고 풀이 죽어 버리더군. 처량하게 앉아서 운명의 심판을 기다려야 했던 거야.

고래를 사랑하는 해군 대장들이 하루 종일 논쟁을 하더군. 이윽고 저녁 늦게야 결정을 내렸다네. 우리는 최악의 판결을 받았지. 그래서 마음속으로는 이미 〈베다〉호와 이별을 하고 있었어. 하지만 우리의 우려는 시간이 좀 빨랐다네. 판결문이 다음처럼 어정쩡했던 거야.

[특별 위원회를 만들어야 하는지 마는지 문제를 검토하기 위해 요트 〈베다〉호와 승무원은 제일 가까운 무인도에 잠시 억류해 둘 것]

내가 항고를 하려 했지만 아무 소용이 없더군. 나한테는 물어보지도 않았으니까. 기중기로 〈베다〉호를 들어서 절벽 위에 놓아 버리더군.

우리도 배에서 내리게 한 다음 깃발을 올리더니 뱃고동을 울리고는 떠나 버린 거야. 어쩔 도리가 없었지. 우리가 처한 상황을 살펴보니 막돼먹은 힘 앞에 굴복하여 바닷가에 덩그러니 서 있을 수밖에 없던 거야.

항고

법원의 결정이나 명령에 대해 당사자 또는 제삼자가 위법임을 주장하고 상급 법원에 그 취소나 변경을 구하여 불복 상소하는 것

자네에게 하는 얘기지만, 상황은 그지없이 기분 나빴다네. 요트는 절벽 끝에 놓여 있고, 돛대는 바다 위로 우뚝 솟아 있는데 쓸쓸한 파도는 절벽 기슭에 부딪치며 철썩대고 있었던 거야.

식물상

어느 지역에 자라고 있는 식물의 전 종류. 또는 그 지역 내의 식물의 종류, 성질, 분포와 그 이용 따위를 적어 놓은 책을 말함

우리는 장비를 챙기고 섬을 탐사하기 시작했다네. 걷고 또 걸었지만 그럴듯한 건 하나도 안 보이더군. 아늑함이 없이 어디가나 춥고 주위는 모두 바위더군.

단 하나 괜찮은 게 있었다면 그건 연료였다네. 어디서 온 건지는 모르겠지만, 난파한 배의 잔해가 파도에 쓸려 이 섬으로 온 거겠지.

그렇지만 우리에겐 이 연료가 전혀 쓸모가 없었어. 음식은 다 떨어졌고 주위에 식물상이나 동물상은 하나도 없고 돌멩이밖에 없으니 그것을 아무리 삶아 본들 배가 부르겠냐 말이야.

식욕은 밥이 있어야 생긴다는 말이 있지. 그럴지도 모르겠네. 하지만 이런 점에서 나는 조금 특이 체질이었다네. 이상하게도 나는 배가

고플 때에야 비로소 식욕을 느끼니까 말이야.

이 비정상 상태와 싸우려고 나는 허리띠를 더 조이면서 참았다네. 롬과 푹스도 배고픔을 호소하더군. 물고기 낚시를 해 봤지만 고기는 입질도 안 하더군. 롬은 옛날 그런 경우에 구두 밑창으로 수프를 끓였다는 걸 기억하고는 방수 장화를 꺼내서 이틀이나 삶았지만 허탕이었다네. 옛날에는 장화를 소가죽으로 만들었지만 요즘 방수 장화는 인조 고무로 만들기 때문이었지. 물론 비가 오거나 습기가 있는 날씨에는 발이 젖지 않게 해 주어서 편리하다 할 수 있지만, 이 신발이 가진 요리로서의 가치를 얘기한다면, 딱 부러지게 말해서 맛도 없고 영양가도 없다고 얘기해야 할 거야.

어쨌거나 우리는 점점 따분해지기 시작했네. 요트 주위를 돌기도 하고, 수평선을 바라보다가 서로의 얼굴을 쳐다보기도 하였어. 굶어서 죽은 귀신이 우리 눈앞에 어른거리더군. 밤마다 악몽에 시달렸다네….

그러던 어느 날 보니까 우리가 있는 섬 쪽으로 얼음덩어리가 다가오더군. 얼음 위에는 펭귄이 있었어. 사열이라도 받는 것처럼 한 줄로 서서 꾸벅꾸벅 인사를 하는 거야.

나도 인사를 했지. 그러면서 혼자 이런 생각을 했어. '펭귄 여러분, 여러분과 더 가까이에서 인사를 나누면 얼마나 좋겠습니까!' 하고 말이야. 우리가 있던 벼랑은 깎아지른 것 같아서 내려갈 수도 없었고, 펭

귄들은 아무리 손짓으로 꼬여도 날아올 수가 없었지. 펭귄 날개는 장식품이었어. 말하자면 폼으로만 있었던 것이지. 그렇다고 그냥 놓치는 것도 아까웠다네. 새라는 동물은 기름지고 살이 통통해서 구워 먹기에 딱 좋았거든.

우리는 벼랑 끝에 서서 탐욕스런 눈빛으로 그들을 지켜보았다네. 그때 펭귄들이 타고 있던 얼음덩어리가 우리가 있던 벼랑 바로 아래쪽에 처박혔어. 펭귄들이 꽥꽥 소리를 지르며 발을 구르고 날개를 흔들면서 우리를 쳐다보더군.

나는 잠시 궁리를 했어. 머리로 필요한 계산을 끝낸 다음, 펭귄 엘리베이터라고 불러야 할지 말지 모르겠으나, 아무튼 그런 기계를 만들기로 했던 거야.

먼저 빈 통을 가져다가 거기에 여분으로 가지고 있던 타륜을 끼워 붙였네. 그 다음 통 위아래 양쪽에 구멍을 내고 돛대를 끼웠지. 그 위에 줄사다리를 피댓줄처럼 엮어서 걸쳐 놓았다네. 이 기계를 가지고 시도를 해 보았더니 '헛돌더군'. 다른 수를 써야 했던 거야. 미끼만 있으면 되겠더군. 하지만 누가 알겠나. 이 새들이 무엇에 흥미를 느끼는지 말이야. 신발 한 쪽을 내려뜨렸더니 아무 반응이 없었네. 거울을 내려뜨려도 결과는 마찬가지였지. 목도리며 고기 다지는 기계도 전혀 소용이 없었네.

그때 피뜩하고 한 생각이 스쳐 가더군.

우리 선실에 「폴란드식 양념을 한 살짝 구운 농어 고기」라는 그림이 걸려 있는 게 떠올랐던 거야. 이 그림은 어떤 화가가 내게 선물한 거였지. 정말 실물 같은 그림이었다네. 그래서 이 그림을 줄에 매달아 내려 보았다네. 펭귄들이 흥미가 생겼는지 얼음덩어리 끝으로 다가오더군. 맨 앞에 있던 놈이 사다리에 머리를 밀어 넣고 농어를 먹으려고 버둥 대는 거야. 날개가 사다리에 걸렸다 싶은 순간 내가 통을 돌리면… 한 마리 낚았어요! 가 되는 거지.

그런 식으로 일은 멋들어지게 풀려 갔던 거라네! 나는 돛대 위에 앉 아서 한 손으로 통을 돌리고, 다른 손으로는 컨베이어에서 '제품'을 집 어 들어 푹스에게 건넸지. 푹스가 다시 롬에게 주면 롬은 숫자를 세고 기록을 한 뒤 해변에 놓아 주었다네. 그렇게 세 시간쯤 지나자 섬 전체 가 펭귄으로 꽉 차더군.

그렇게 됐던 거라네. 이렇게 펭귄 조달이 끝나자 우리 생활은 아주 달라졌던 거야. 펭귄들이 절벽을 이리저리 돌아다니며 사방에서 짹짹 거리고 떠드는데 정신이 하나도 없더군…. 시끄럽지만 기분은 즐거웠 어…. 롬이 생기가 돌았는지 앞치마를 두르고 요리를 하더군. 첫 번째 펭귄은 꼬치 구이를 했는데, 우리는 그 자리에 서서 허겁지겁 주린 배 를 채웠다네. 그런 뒤에는 롬을 돕는다고 장작을 산더미만큼 해 왔지.

롬은 그 중에서 마른 것을 골라 화톳불을 피웠다네. 자네한테 하는 얘기네만, 이건 정말 화톳불이었어! 화산에서 솟아오르듯이 연기가 기둥처럼 일어났고, 환한 빛을 내진 않았지만 바위들은 뜨겁게 달궈졌다네. 섬 꼭대기에는 크지 않은 얼음덩어리가 있었는데 이게 열 때문에 녹아서 펄펄 끓는 못이 생겨났던 거야. 나는 이것을 활용해야겠다고 생각하고 욕탕을 만들었다네. 우리는 먼저 빨래를 해서 옷을 널어 놓고는 앉아서 사우나를 했지. 그런데 내가 주의를 하지 못하고 실수한

기단

일정한 고도에서 기온·습도 등 물리적 성질이 대체로 균일한 거대한 공기 덩어리를 가리키는 기상학 용어다. 뚜렷한 경계를 가지고 있으며 수평으로 수백에서 수천 킬로미터까지 뻗어 있다.

기류

온도나 지형의 차이로 일어나는 공기의 흐름

게 있었네. 지나치게 빠지지 말았어야 했는데 말일세. 여하튼 그곳은 남극이 아니었겠나. 그곳 날씨는 변덕스럽다네. 그 점을 고려했어야 했는데 무시해 버리고는 나까지도 장작을 지폈던 것일세. 나는 욕탕이 더 뜨거웠으면 하고 바랐던 거거든. 그러자 곧 그 결과가 뒤따랐던 것일세.

바위가 뜨겁게 달아서 나중엔 발을 디딜 수도 없게 되었다네. 열이 위로 올라가니까 관악기처럼 소리를 내더군. 기단의 균형이 깨졌던 거야. 사방팔방에 차가운 기류가 날아들고 먹구름이 몰려들더니 비가 쏟아지기 시작했지. 갑자기 천둥 번개도 쳤다네!

브룬겔 선장의 모험 지도

❶상트페테르부르크(러시아. 출발지) ➡ ❷발트해 ➡ ❸외래순 해협 ➡ ❹카테가트 해협 ➡ ❺스카게락 해협 ➡ ❻피오르 해안(노르웨이. 산불을 만나 다람쥐떼와 함께 탈출) ➡ ❼스타방게르(노르웨이. 여기로 오는 도중에 노르웨이 선원 구출.) ➡ ❽함부르크(독일. 다람쥐를 동물원에 팜) ➡ ❾로테르담(네덜란드. 청어 떼를 운반하는 일을 맡음) ➡ ❿칼레항(프랑스. 이곳에서 푹스를 태움) ➡ ⓫사우스햄프턴(영국. 아치발드 댄디씨와 만나 권투를 하고, 요트시합에 출전하여 승리) ➡ ⓬비스케이만 ➡ ⓭지브롤터 해협 ➡ ⓮알렉산드리아 항구(이집트. 청어를 안전하게 넘김) ➡ ⓯나일강(파라오 관광) ➡ ⓰홍해 ➡ ⓱수에즈 운하 ➡ ⓲아덴(예멘) ➡ ⓳소말리아(이탈리아 해적을 만났다가 푹스의 기지로 탈출) ➡ ⓴구아르다푸이 ➡ ㉑적도(바다의 신 넵튠을 기리는 연극을 함) ➡ ㉒남극(얼음산에 갇혔다가 적도로 배를 돌려 얼음산을 녹임) ➡ ㉓무인도(쿠사키 대장을 비롯한 고래사랑위원회 소속 대장들을 만나 무인도에 갇힘. 무인도의 산이 폭발하면서 롬과 헤어지고, 브룬겔 선장과 푹스는 널빤지를 타고 하와이에 도착) ➡ ㉔하와이(미국. 와이키키 해변에서 서핑보드를 타고 연주회를 갖고 비행기를 탐) ➡ ㉕아마존(비행기 불시착) ➡ ㉖파라항(브라질) ➡ ㉗리우데자네이루(브라질. 롬과 재회) ➡ ㉘혼 곶(칠레) ➡ ㉙시드니(호주. 항만청장과 골프 시합) ➡ ㉚뉴기니(롬이 후지산(일본)으로 연에 실려 날아감) ➡ ㉛ 일본 근해(롬을 구하려고 일본 해안으로 다가갔다가 함포 사격을 받음. 〈베다〉호 침몰.) ㉜영국 상선에 구조되어 화부실에서 롬과 재회 ➡ ㉝캐나다 ➡ ㉞유콘 요새(미국 알래스카. 썰매 경주에서 승리) ➡ 세인트로렌스 섬 ➡ 베링 해협 ➡ ㉟페트로파블로프스크캄차츠카(러시아) ➡ 상트페테르부르크(러시아)로 귀항

브룬겔 선장의 모험 1

초판 2쇄 펴냄 ▮ 2010년 11월 15일

지은이 ▮ 안드레이 네크라소프
옮긴이 ▮ 박재만
그린이 ▮ 박수현
편집 ▮ 정낙선
디자인 ▮ 드림스타트
펴낸이 ▮ 정낙묵
펴낸 곳 ▮ 도서출판 고인돌
주소 ▮ 경기도 파주시 교하읍 문발리 파주출판단지 514-5 3층 우편번호 413-756
전화 ▮ (031) 955-8196
전송 ▮ (031) 955-8197
손전화 ▮ 010-2261-2654
전자우편 ▮ goindol08@hanmail.net
인쇄 ▮ (주)갑우문화사
출판등록 ▮ 제 406-2008-000009호

값 9,500원
ISBN 978-89-961115-9-7 74890
ISBN 978-89-961115-8-0(세트)